女性的
河 流
虹影词典

虹影 /著

作家出版社

享誉世界文坛的著名作家、编剧、诗人、美食家。中国女性主义文学的代表作家之一。

虹影 _

代表作有长篇小说《饥饿的女儿》《好儿女花》《K—英国情人》《绿袖子》《上海王》，诗集《快跑，月食》《我也叫萨朗波》，散文集《小小姑娘》等。近年有少儿奇幻小说"神奇少年桑桑系列"和《米米朵拉》问世。其中六部长篇小说被译成多种语言，在英国、意大利、以色列、澳大利亚、日本、韩国、越南等三十多个国家出版。多部作品被拍摄成影视剧，由娄烨导演、入围威尼斯电影节主竞赛单元的《兰心大剧院》即据其作品改编。

曾获《联合报》"读书人"最佳书奖，纽约《特尔菲卡》杂志"中国最优秀短篇小说奖"，有"文化奥斯卡"之称的意大利"罗马文学奖"，《亚洲周刊》2009 年全球华文十大小说奖等。

2009 年由重庆市民评选为重庆城市形象推广大使。

摄影 / 凌伯郡

我生长在长江边，河流贯穿
我的生命及写作，我的诗、
我的很多小说都流动着一条
河流。

河流每夜与我交谈，给我新
的生命和梦想，我赋予河流
人性和永恒，我就是河流。

谨以此书献给罗斌（Robin Munro），
在我生活的世界里，到处都是你的身影，
你永远在我们的心里！

虹的拓扑学造像

蒋蓝

　　一个人对自己名字做出解释，是为所指灌注能指，就好比谜底上升为谜面。

　　多年前，虹影在小说《K-英国情人》里，阐述了男主角裘利安眼中"虹"的形态："虹时常出现横跨海湾、山、海湾……虹灿烂的色彩在小鱼山上观望，从来都是气势磅礴，有时从山坡直升天顶，有时是半圆形地搂抱大地。""虹在天空时，裘利安就诗意地想那是他们的女儿，他善良、单纯，富有同情心爱心地仰望着，感到世界真如虹那么美好。仰望着，仰望着，他会情不自禁地呼唤这字的中文发音Hong。"如果说这是裘利安眼里的"虹"，不如说这就是虹影心中的"虹"，她赋予了虹强烈而鲜明的肉身化色彩。虹影特别强调："我借我的人物来看待世界，尤其是小时看见的那个世界。"如果虹的影子落地生根，那么，虹就具有拓扑学的物理与诗学结构。

虹影说："为爱而私奔，不顾一切，这样的'虹'为我所倾心。"

我曾认为，诗人是飞翔的动物，而散文家是跋涉在大地上的士兵！那么小说家呢，他们是把彩虹藏匿在地道里的人，而地道又通过彩虹通达天上。他们在自己的建模过程中，不知不觉就构建出了一个人性的迷宫！

小说家的观察角度，并不像诗人那样用相对单一的维度观察这个世界，也不能如哲学家那样纯然依靠逻辑。小说家米兰·昆德拉说过，小说家关注的是这个世界的"复杂性"，他们所做的工作更多是处理好大千世界的建模工程。诗人高起高打，但同时也追求羚羊挂角的留白美学。哲人标举的本质，是去情绪、去情义的，有点去势主义的倾向。这个世界是如何复杂，如何荒谬不堪，又如何秩序井然，小说家必须现身说法进行例证。小说家才是生活迷宫的进出者。因为生活总有出路，犹如生活中总有窄门和暗道！

具有诗歌、小说、散文写作经历的虹影，宛若三星堆遗址里的三翅神巫。她的这部语录体《女性的河流：虹影词典》，似乎让我们看到了她的来世与今生纷披而来：成长、写作、黑夜、性别、幻象、美丽、死亡、绝望、叛逆、自传、他传、双语、穿越、阅读、喝酒、蓦然回首……她把自己的生活化作了几百个指心见性的碎片，碎片中往事相互叠现，从中闪现出过去与今天的交叉影子。而博尔赫斯好像说过，所有的碎片拼合起来，要大于它固有的时空。这句话，非常适合虹影。

准确点说，这些话语是断片——不是喝醉了的"断片儿"，而是在言说思想、情感的格局中言说自身。多年来我一直关注断片，我自己也写有数千段之多。读完《虹影词典》，我不禁心中感念。

鲍德里亚说，断片是一种趋向民主的文体。虹影的断片既有俯视，但更多是从下而上的锐利反照；她展示出来的雪刃劈柴的个人语言，具有显著的"她者"语体特征。我说，这是一种"虹语体"。这与她的小说叙事连缀组合为一个多面、丰富、幽深、爽利、决绝的虹影。我以为，一个人的思想，之所以高于、大于寻常学识，更关键在于其思想的见识来自生活板块的缝隙，是忧伤、绝望、冥想、反省之间，所挤压出来的叫喊。虹影所展示出来的断片魅力，既是她的文学之想，更是她独立思想的飞刀，也是她"转识成智"之后的"以识为主"的时代证词。

生活是一团乱麻。我们活过，我们写作，我们思考，而不一定要有水滴石穿的结果。

记得在成都，我参加过虹影的两次新书发布会，由此我们成为了见面不多的朋友。虹影曾经把自己比作"带伤疤的向日葵"，她一直笑着，可以跟这个伤害过她的世界促膝谈心。结痂之处，往往会生长出更为强健的肌理。她会哈哈大笑，疏通着那些被制式话语塞死的耳朵。我喜欢她的一个观点："男人暴死时大多背朝天，女人则脸朝天。我那时就想，连死亡的姿态也有性别区分的。相比男人，女人比较伟大，因为她敢面对上天。"

其实呢，还是有站着死去的人。

陀思妥耶夫斯基认为，人类对自己的了解，远远多于文学中所记录的。那么虹影就是一个时光的拾荒者，她收集日常生活中的感受、思考和话语。她一并收纳了所处时代的生活。在她加入了泪水与盐的坩埚里，她可能不会迷恋金子，而是炼出合金。

我欣赏她敢于亮出底牌的决绝与自然而然："有一批作家，他们永远执着对人性的黑暗、孤独的描写，他们永远都是这样的。我为他们之一个，对女性群体的生命的关注，我每一次拿起笔来写作都会关注这一批人。"其实，她以锐利的言路，为读者打开了一个丰美的雨后田野。

古希腊德尔斐神庙刻有两行字：一是"认识你自己"，二是"凡事勿过度"。虹影没有谈论这些，因为她从来就不是谁的影子。她的知与行、内与外、酒杯与眼泪、个人与天下、往事与未来，都在时光中逐渐落定、圆成。无论她的第三只眼睛，是开在额间，长在指尖，还是亮在心头！

2021 年 5 月 26 日

在成都

目录

CONTENTS

A 女子虹影

B　外界之外

C　内心之内

D 文学疆域

A

女子虹影

名字

　　我去掉父姓，保留原名音节为"虹影"，典自《诗经》。蝃蝀，虹也。日与雨交，倏然成质，乃阴阳之气不当交而交者，盖天地之淫气也。在东者莫虹也，虹随日所映，故朝西而莫东也。此刺淫奔之诗。况女子有行，又当远其父亲兄弟，岂可不顾此而冒行乎。

　　为爱而私奔，不顾一切，这样的虹为我所倾心。

　　有人认为这名字有东方思想，也有人认为这名字很女性主义，我不太赞同。常有西方人叫我"虹"，也有人叫"影女士"，我会纠正，因为东西方对姓名的叫法视国情而论，再说，我也不是一个影子。

　　在我看来，名字就像是一个代号，我是虹的映象，呈七色，悬浮在天空，你看见我了，你忽视我了，你称赞我、鄙弃我，我都不在乎，因为我来自那生命的万有引力，自存在而存在。

私生女

在出生长大的重庆长江南岸贫民窟，要找一本文学书是很难的，自身的家庭背景，在外、在家都觉得很自卑。加上私生女这个身份，所有的人都知道，除我之外。那些人对我和母亲看不起。

当时没有其他路可以走。如果在原地方生活，就得承受一辈子的耻辱，只能随便嫁一个男人生孩子，跟这儿的人一样生活。

绝不要这样的生活，必须改变，我决定离家出走，成为一个作家。

梦里和梦外

　　常常做梦，梦见重庆长江南岸野猫溪六号院子时，梦见的人多不是母亲，而是父亲。

　　梦见我跟在他旁边，一起做煤球，还有跟他去江边挖野菜。那时有雾，他洗菜切菜和面，我搬凳子站在灶边，看他把一个个面团搓圆再压扁放在铁锅上。心里清楚，那是清明节。

　　六号院子院墙边有一棵高大的开红花的树，有一年结果，红得耀眼，分外诱人。有孩子捡了吃了。大人吓坏了，害怕有毒。结果没事。一树的果子都被人摘了。

　　第二年街上的人都盼着树结果，但是只开花，没结果。他们突然发现我站在树下，便开始骂我，嘲笑我。我哭了。

母亲看着我，沉默着走开。

梦里偶有母亲，走过来抱着我，指责他们。母亲在梦里和梦外是不一样的人。

星辰在旋转之外，

我经过的房间聚集在掌心，

向我述说存在之必要。

母
女
关
系

跟母亲的关系最大一个交界点，就是母亲其实知道我整个的生活，知道我从小是怎样一个人。她放任我野蛮生长。

在我跟男人的关系上，我永远对着母亲干的。在中国，我好几次差点结婚，也是对着我母亲干的，因为母亲根本不会接受这人，而我非要跟这个人。

我母亲知道这点。包括后来两个姐妹和一个男人的复杂关系，我母亲也知道，她不说。

我跟我母亲的关系当中，悲剧在于我们居然不公开说明。母亲认为：说了，我会继续向前，而且我会担心，母亲她在这关系中处于弱势，很自卑，是一个无能为力的母亲，她没法帮我做任何事情，一旦她说了，我会更远离她。

心有灵犀

"母亲是盐",来自《圣经》,"地上的盐,世上的光"。母亲离世了,我才发现,她一直是我的盐,我悲痛难忍。

母亲不是一个神话,她真实,有血有肉,会笑会哭,会叫喊,会容忍,当然,她也是一个传奇。她的葬礼上,以前的同事、曾经纱厂的纱妹、几十年完全没有往来的人,对我来说完全陌生的人,不知从哪里得到消息,赶来送她。

奔丧在重庆四天,相识的人,不相识的人,来与母亲告别,我看到了母亲是一个重情重义的人。与她的生命有过交集的人,给我讲述母亲的故事,像长江水一样涓涓不止。

我经常一个人在房间里想念她,多少年了,每到她的忌日、清明、春节、她的生日、我的生日，我都这样。今年我在伦敦，不能到她的墓前，充满遗憾。心有灵犀，今天是清明节前一天，小女孩的我，站在老家六号院子门前。母亲走进院子大门，对我好亲切，她短发，整个人四十来岁，很有朝气，坐在堂屋，像是换鞋或是脱衣。我走上去，紧紧地拥抱她，她笑得很快乐。梦醒了，她给我的快乐，这一整天都在。

生存

　　家人给我的一个版本是母亲晚年过得非常好，不愁吃穿，有儿孙孝敬。当我在丧礼上，知道母亲晚年捡垃圾时震惊不已。家人的解释是母亲有老年痴呆症。母亲是有意识地在做这样一件事情：被虐待，吃不饱饭，饿着肚子。她找不到一个人可以倾诉内心郁闷和说说心里话，她要走出家门，去透透长江边的新鲜空气，她去江边捡垃圾，卖钱，可以购包子和花卷吃。

　　母亲一生中有两个黑暗时期。

　　第一个黑暗时期是在她怀上我时，1961年，那时处于饥饿困难时期。丈夫在船上工作，因为身体营养差，没吃饱饭，从船上掉下江里受了伤，被送进医院。没法传达消息。母亲很长时间没有他的消息，处于一片绝望之中。她带上所有的孩子，让每个孩子都去捡能够吃的东西。五个孩子和她饥饿难忍。那时一个年轻的男子，是母亲做临时工挑沙子的记工，当别人欺负她时，他站出来帮助她，他把自己的口粮给母亲。母亲不吃，都给孩子们。两人相爱。母亲的生活很艰难的，但心里有一点光亮，那是这个男人的爱情照亮了她，她因为有这样的光，敢怀上我，敢生下我这个私生女。

第二个黑暗时期，母亲晚年捡垃圾。捡垃圾这件事首先是在家里得不到儿女的理解，再就是她饿，自然而然就去寻找食物，捡垃圾。

母亲陷入对往日的回忆中，已逝去四十多年的黑暗给了她一种对照。一个很孤独的老人，知道自己的生命即将结束，她通过回想一生当中最浪漫最有激情的时期，那就是回忆和我生父在一起的点点滴滴，度过眼前的绝望，对现实的黑暗进行抵抗，当成一个出口。

母亲这样生存，好多年，我都不知。

黑暗与爱

　　回忆母亲，其实是回忆那些堆集在我内心的黑暗和爱。母亲在长江边捡垃圾的形象，她没有表情的脸，一双因风吹眼角含泪的眼睛，一直在我眼前。我一直后悔，在我长大后，没有一次紧紧地拥抱她，现在我想，如果那样做，我此刻的痛会弱一点儿，起码我会想到，我可以和她一起抱着她内心的黑暗。

　　母亲有多爱我？

　　她捡垃圾不告诉我，也不寻找改变的方式，都是因为内心的爱。如果告诉我，我肯定只会跟照顾她的家人进行对抗，发生战争，带来整个家庭的不和。

　　她捡垃圾时，承受别人的谩骂和瞧不起，更承受了精神层面的很多东西，她的记忆总让她回到那

里，回到那段黑暗痛苦的年代。记忆伤痛，或者苦
难意识。可是，母亲她都没有说，只是独自吞下了
一切。

母亲模型

我的母亲，忍了几十年，忍到八十岁后，不忍了，放开一切，去跟每个人说她最爱的人是我的生父，在大街上拉住一个人她就敢公开承认，并谈论他。这个勇气来自何处？

对母亲的误解和叛逆，那种心碎，彼此错失一次次机会，到母亲最后离世，酿成我永不可饶恕的后悔。人对母亲的复杂情感，都不同，孩子抵触母亲，当母亲教育你时，唠唠叨叨，你嫌母亲烦。对一个你不爱的人，你不会和她叛逆，并不让她难堪，对她客客气气。反之，那个人就是你绝对在意的人，生命中最重要的人。

母亲给予你生命，无论你做什么，做好做坏，都想引起她的注意。从很小开始，孩子效仿母亲，包括我们的性格都是母亲定下来的，我们不断地在反抗她，其实还是在步母亲的后尘。就像心理学中的母亲模型，你一生的努力都在印证你母亲给你指定的那条路。

长大

当父母不在时，孩子就长大了。

很小时我就认为自己是一个大人，一个老灵魂，当母亲在2006年离世时，我发现自己其实是个孩子。我有了女儿后，感觉这世界，处处充满惊奇，处处让我莫名担忧。

有一天，她长大了，我希望我仍在，不管是用什么样的方式，我相信心心相印、多维空间的交流。我指着她的心，说我的爱永远在里面，不会离开。

母亲与女儿

母亲说，对着大厨房墙上的灶神爷叩头，就不会有火灾。六号院子里的人叩了，一直到拆，这院子都没有火灾。我一般不太相信，这虚无中存在的一切，但我对鬼神是很敬的。对人的因果轮回也质疑，可是发生在我自己身上的事情，有时就是发生了。比如我的女儿不仅性格像我母亲，她的笑、她的动作、看人的样子，都跟我母亲一模一样。还有她的额头特别高，嘴角也跟我母亲一样，还像母亲一样善于开玩笑。我每次看到她，不管内心压着多大的苦事，即使颓废得像朵花将枯萎，也一下子就活过来了，什么话都不用说，只感谢上天对我真好。

期待女儿快乐

我只期待我的孩子成为一个快乐的人，在遇到她之前我曾经是多么不快乐。我有那样的艰苦童年，跟姐姐们挤一张床，共用一双雨靴，经常吃不饱，被人欺负，守着父亲要三元一学年的学费，为节省电费，做作业只能在昏暗的街灯下，我只能穿姐姐们的旧衣，满怀期待地等做抬工的母亲周末回家。

女儿和我不一样，她有父母的关爱，她不必担心饥饱寒暖，我希望她健康幸福，如同天底下所有的母亲；我之所以为她写书，是要她明白世界的多面性，那人性的复杂可怕，这点不同于天底下其他的母亲。我要告诉她，人生下来就是不平等，生活也不是你想的那样，你不会总是胜利者，而一旦成了一个失败者，你也要重新开始。每个人都会面临被世界打得粉碎的时候，要学会做好准备。

我就像一艘船一样载着她前行。

我们看沿途的景色，一起读书。这一路上她见到的、不明白的，我们都会进行交流。如果有一天，我离开了，她也可以继续朝前行驶。

以母亲的身份

从自传体长篇《饥饿的女儿》到《好儿女花》，两本书相差十年。这两本书写自己和母亲，写原乡和逃离，想弄明白自己是怎样的一个人。不同的是我个人的身份发生变化，以前我是作为一个女儿去写母亲，而现在是作为母亲，写母亲，听者是我的女儿。

以前看见了母亲为我、为这个家庭做出牺牲，她作为普通女性中的一员，成为那个时代的牺牲者，我想得还不透彻，不理解她的牺牲到了何种深度。

直到我成为一个母亲，才深深感受她的那种痛。

母亲身上的悲剧一再延续，最让她无法承受的，并非来自她的敌人，而是来自她的亲人。

对待孩子，我和母亲还是不一样的。我的情况比母亲好很多，我没有经济方面的担忧，也会减少和外界、家人的诸多问题。她当年面对比我严酷得多的困难险阻，独自承担一个会向她压倒下来的天地。母亲比我勇敢，比我无畏。

父亲教我写作的方式

1949年前，父亲是一个长江上的拖轮船长，1949年后，父亲是一个驾驶，降级的原因是他在重庆解放时被国民党军队押着运军火，被记了过。

父亲爱船爱长江，他说船上的人都爱蹲在甲板上吃饭。我们家小，只够放一张小桌子，人多凳子不够，有时父亲也蹲在地上，我也跟着他蹲在地上吃饭。

有一次父亲看我在堂屋里做作业，歪坐着。他让我坐正。那天作业太多，我坐了好久，叫痛。他让我蹲在小板凳上，背伸直，他说，这样不痛。

我照他的话做，真的，不痛。以后写长篇我也用这个姿势，蹲在椅上写，所有的力量在腿上面，背伸直，腰也直，不管多少时间过去，脖颈腰椎不会痛。

父亲与我

　　父亲其实是我的养父，没有血缘关系，但比亲生的还亲。父亲的老家在浙江天台，抗战时来到重庆。他患眼疾，夜里什么也看不见，到我长大后他白天夜里都看不见了，靠听收音机知道世事。他看穿我，说我面容用了各式表情伪装。他说：你有一天会离开我们。他说：你有一天会写家里的故事。我当时听了，吓了一跳。他坚决反对我与男人较真，他说可以笑一下，笑一下，什么都会过去。

混沌世界里的清晰之路

　　父亲患夜盲症离开船回家，那时我刚一岁。他的眼病一年年加重。在他尚能在白天依稀看见时，经常带小小的我去八号嘴嘴，一个对视朝天门的山坡顶上，坐在崖石边。他看江上的船，告诉我哪些船是多少吨水位，哪些船他曾开过。他说三峡的鱼比这段江里的鱼大而鲜美，是因为水质不同。他第一次跟我说到桃花水母，就是我俩坐在这儿看江。

　　是不是我从那时就开始想象，我可以在长江上搭一根木板？我爱父亲，他的脸总是严峻，透出一股江浙人的智慧，他的手那么巧，一个废物在他手下都有了用处，他弹棉花，做凳子和碗柜，他做的腌笃鲜奇美。他对家人对外人永远充满爱和理解，他待人宽容。父亲总催我上学：时间快到了，还有五分钟，你跑。他眼盲后，看世界更清，从不让家人帮他盛饭倒水和穿衣。父亲用声音和触觉、特殊的感应，认识他的世界，认识我。记得他对我说：你没有真正的敌人，你的敌人只有你自己。他一生没吃过一次药，这也是奇迹，他在1999年一个最清静的清晨无疾而终。每次回重庆，我看江时，总觉得父亲在身边。父亲对我来说，就是混沌的世界里一条清晰之路。当我读卡佛的小说，当他的盲人教我们如何用一种独特的方式感受大教堂的美时，我想到了父亲。

远走他乡

小时候，父亲说，人应该像江水一样，朝自己的目的地流去，遇到阻碍，不能直接过去，就绕过去，但是不能停下。这些话对我来说非常重要。

古庙改成的小学，夜里有黑影出没，白日上课也能听到怪声。音乐教室有粗大的铁绳，悬在梁上，自动卷曲。小学离我家不远，那么发生什么，邻居们在晚上乘凉摆龙门阵时都一五一十地说出。

上小学第一天，父亲送我去。我因为害怕，紧抓着父亲的手，他带我到小学转，看到一口井，他叮嘱我，这口井里的水，以后千万别喝。

别人喝，怎么办？

你别喝就行。

喝不得？

就是，你喝了就会两脚生根，记住没有？父亲不耐烦了，你长大得走他乡，才有志气。

我以后真的没喝那井水，不管天有多热，我都不喝。同学老师都喝。父亲要我远走他乡，就是把一种梦想，带给了我，也许是他心底的期待。

重生

　　在重庆长江南岸那个六号院子，经常会遇到人们神秘地谈论重生。有人生，有人死。常爱推断新生婴儿来自何处，比如说是来自他的祖父，婴儿脚上有个印记，跟祖父是一样的。

　　那个院子逢年过节，都有好多仪式，比如磨汤圆粉时，添加泡过的糯米，添几勺在磨里，都有讲究，一勺或三勺为好，二勺为不好，究竟为何这样，没人说得清。年夜饭得叫家里过世的人先品尝，以表示对祖先的尊敬，他们以另一种方式重生。这种种生活的方式，是种种自我教育，充满情感。1962年的光线，斜斜地打在长江水上，我母亲在痛苦的叫喊中生下我。院子里的人，沉默了，他们一下子无法判断我来自何处。

一本书翻开，

跟着书中人离开，

要走多远，才能与你的心更近。

生从死开始

童年记忆对我而言，是解开我所有作品的钥匙。我刚有记忆就看到人跳江而亡。他们从山上奔下来，朝江边跑去。我们住的院子里就有不少人自杀。

我看过各种各样的尸体，甚至亲眼目睹了五官流血的死。记得有一回，院子里有个姨太太自杀了。她死后还常常穿了一身白，轻飘飘地爬上我家的楼梯，到了阁楼屋顶就不见了。每回看见她，我都不害怕。我到如今还时常回忆这些往事。至于后来，自己是怎么活过来的，是怎么走出死城的，我到现在还感到奇怪。

生命是多么神奇，值得我们敬畏，一不小心，生命就会开人玩笑，有时非常残酷，让人不可接受。每开始一个新小说，我都无法控制自己回到童年，那些阴影、那些可怕的记忆，并未因时间的流逝而消失，也许一年比一年淡了，可一旦有相关的事发生，那些记忆便扑面而来。我的写作经历和对世界的看法是建立在这些童年记忆的基础上的，我站在细雨中的长江边，看着大轮船从面前缓缓驶过，大轮船上的乘客便是我小说里的主人公。

危
机

在我五岁半时，我的五哥因为要捡粮食仓库缆车缝里的豆子，被缆车压伤了腿，他惨叫，出血，休克过去。幸亏当军人的大表哥休假在我家，他闻讯抱起五哥往部队医院跑去。我沿着长江岸边奔跑，雨下起来，我要去告诉在江边造船厂当抬工的母亲五哥受伤的事，我不知道路，不知有多远，不知五哥会不会死。我跑了差不多两个小时，终于看到母亲，一头投入她的怀里。那时我已是泥人一个。

我以为我会死掉，淹死在江水之中，好多路段，如果不是蹚水而过，就只能绕道而行，那便来不及，我心里对自己说：快，快，告诉妈妈，她会救五哥的。这么一个意念支持着我，这个意念太强了，经常出现在我成年后的梦里。

童年邻居

文学具有一种魔法力量，改变我们的生活和命运。童年邻居们之中有一个曾在解放前做过妓女，她对我非常好，借她儿子的手抄本给我看，《一双绣花鞋》《三下南京》，《少女之心》也是她借给我的，这书在当时是黄书。我看了两页，里面谈到身体的器官，吓坏我了。我还给她。她并不识字。我想说的是小时，并不是所有的邻居都对我不好，还是有人对我好，这如同黑暗中的一团火焰。

我相信这火焰的力量，心里也对这个世界有了希望和梦想，就是这希望和梦想支撑着我一路走下来。

道歉有用

六号院子天井侧面，有一天改建成一户人家。搬来一家人，男人在船上工作，一年只有休假在家，平常只有女人在家，记不得她有工作，或是接了糊纸盒子的工作，一般都在家。每当有人往天井水洞边泼水或是扔垃圾，她会破口大骂。

没人出来承认错误。她骂着很难听的话，骂高兴了，就会移到我母亲身上，骂出三十六朵莲花开，每一朵点着骂，比如母亲在路上没主动与她打招呼，也成了罪行，有一朵甚至是做红烧肉，那肉香也是过。

她住了没多久，那儿又来了一家人，因为男人在港务局人事科当小职员，便在院子大门上开了一个小门，晚上可以用钥匙打开门进来。但是经常会有人用那道门，假装合上，而外出回来就不必叫门。这事被这家女人发现，又是一阵乱骂，骂得上气不接下气。

"文革"武斗时，有红卫兵要来抓这家男人。一院子的人关上大门，都拿出家里的铁棒和菜刀斧子，站在大门后面、天井里，为了保护这家男人。红卫兵听到里面的人声铁器声，居然退走了。这对夫妻当时感激不已，直道歉之前对邻居们太坏。

后来这家邻居也搬走了。那个空置的天井侧屋，没多久，便布满蜘蛛网，后来砖墙和木窗也坏了，再也没人住在里面了。

铜元局

铜元局在重庆长江南岸，那儿生财气，靠近它，人就不穷。从小听得最多的是那儿地下埋有铜元，夏天乘凉，大人讲，那儿有一船船的铜元沉在江底。孩子听了，信以为真，希望能去那儿捡到一两个铜元，可以拯救家贫如洗。不止一个孩子做过这样的事，我也在其中，从家所在的野猫溪，经过玄坛庙，经过慈云寺，在江岸边耍边走，从太阳正中，走到偏西，一路查看江边、水中石缝，可连个铜元的影子也没见着。到铜元局，是小时走得最远的，再走远，就害怕找不到回路了，回不了家。到铜元局，算是我们那一带孩子的一次冒险，乐此不疲，当然长大一些就不走到那儿去，知道铜元早已被江里的鱼儿吞吃。

我母亲曾在铜元局老厂工作，有好一阵子，耳边总是听她说老厂怎么样，记得最清的是老厂食堂的花菜是用米汤焖的，好吃极了。母亲后来不在老厂工作，转到江下游的唐家沱船厂。但是二姐在二师读完书后，在铜元局的长江电工厂第一子弟学校实习。母亲想她，我与母亲经常到院子大门前，往铜元局方向看，其实什么也看不到，但能看到那儿一片光，心里也踏实了。这跟我们那儿的人看那儿不同，他们只有停电时才往那儿看。那儿的电工厂，实为军工厂，那儿若黑了，就真停电，那儿有亮光，电就不会真停。

半个世纪过去，铜元局跟小时不同，发生了巨变，人们的生活与之前不太一样。曾有一个小女孩从那暗黑的江边往铜元局看，这儿有亮光，这儿还有母亲最爱的米汤焖花菜。

野
猫
溪

小时候我孤僻，安静，很无助，睁着眼睛，到处观察：家人和邻居们的生活，男女之间的关系，身处的六号大院子的公用厨房和天井像舞台，很喧闹，很活泼，充满生活趣味，每天都像自编自导的戏在演出。我喜欢想问题，钻牛角尖，想不好时，第二天接着想。

像意大利电影导演皮埃尔·保罗·帕索里尼电影里的生活背景，日子很穷，但再贫穷的人照样爱生活。他的《一千零一夜》，看似嘲讽故事，对市井仔细描绘，把最初的恶作剧上升到了对生命本身的歌颂和赞美。

重庆在长江上游，巫术和迷信盛行。记得小时候，邻居们生病，不去医院，抓来几种野草野菜煮制，当汤喝，请巫婆来跳神唱歌，驱魔祛病。

红白喜事看黄道时辰，得合习俗。筷子掉地，得说筷子掉地买田买地，否则，就会不吉利。到端午节要喝雄黄酒，得包粽子，把艾叶、熏草挂在自家门前，恶鬼才不会上门；中秋节，得吃月饼喝菊花茶，怀念逝去的亲友，当夜会在梦中相见。

我生长的野猫溪，六十年代末到七十年代中期，就是马尔克斯笔下的马孔多小镇。不过更像费里尼的故乡小镇里米尼，他由此拍了自己的成长故事电影《阿玛柯德》。

第一本日记

　　我一向不合群，加上我母亲是当地坏女人的身份，上小学后，班上同学不喜欢我，孤立我，不跟我说话，他们往我抽屉里塞一堆泥，或者死了的小动物。

　　不断发生这样的事后，课间操时，我不敢和他们说话，就在一个本子上记录每天发生了什么事、期待什么事发生。

　　我的举止很小心谨慎，有些神秘，让他们担心紧张。有一天，放学铃声响了，班主任老师不让我们走，她当着全班同学的面，说有同学检举我用一个小本子记"变天账"，要我交出来。我不交。他们搜书包，找出小本子，却看不懂。小本子上并不像传统的日记，不是以第一人称写，而是反着写，歪着写。我喝了这杯水，我写成他喝了这杯茶。

他们让我解释，我不解释。班主任老师惩罚我做检查，惩罚我做一个星期的教室清洁。

从一开始在纸上记录生活，我不自觉地进行了改写，为了防范，便有了一种很特殊的表达，也因此，我的日记走向了一种文学创作。

第一次被肯定

上小学时，同学大都是工人阶级家庭出身。有一个同学，父母都是老师，不时会带革命小说来看。心里羡慕她，她说小时候母亲总在她床边读书。

我的父母并不支持孩子读书，一读书就得交学费，即便只有几元钱，对一个穷家来说也不轻松。况且，他们认为读书没用，那时没有大学，上了高中还得下乡当知青。

家穷，电费贵，我做作业，只能到院子外路灯下。不仅我，别的穷人家孩子也那样。

我没有好的先天条件，却爱书，爱故事，爱听神神怪怪的事。夏天，是我的节日，因为盛夏，房外空地，泼了凉水，太阳下山，会凉快，人们会搬小板凳出来乘凉，会有人摆龙门阵，说的都是陈年的鬼故事，也有人自动读外国小说。我总是第一个坐在那儿。

听多了那样的故事，脑子里自然装满了这样的东西。轮到写作文，从小学到初中，我写得怪怪的，总被老师批评思想有问题，被打最低分。有一次写批林批孔的文章，别人去抄报纸，唯有我会写孔子是一个特别有意思的人，他居然说"男子有德便是才，女子无才便是德"，还有"唯女子与小人难养也"，他不是女人生下来的吗？老师在我的句子下面打了好几把红×。

上高一时，语文老师生病了，请了一个老教师代课，她读到我的一篇作文，一篇课文读后感。写毛主席的一个警卫员，通过他述说领袖多么伟大与辛苦。我写这个警卫员的观察，通过他的眼睛观察到主席的细微表情，写得很具体，包括主席窗前的油灯。代课老师在班上读了这篇作文，说：你读到了什么，内心感受到什么，就写了什么，打满分。

我非常感动。第一次有老师欣赏并肯定我的文字。

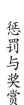

惩罚与奖赏

母亲从未打过我，但母亲总是冷眼看我，仿佛她一生的不幸都跟我有关，这是我十八岁前的真实感受。十八岁生日那天我知道了缘由，因为我是私生女，她得承受家里、社会对她终身的惩罚。

有一年她的生日，我专程从英国赶回去，给她在鹅岭公园大办生日，她说那是我给她生我养我的奖赏。我别过脸，不敢让她看到我眼睛红。

我第一次听到"黄荆棍下出好人"这句话，是来自我的初中化学老师，他在家里打逃学的儿子。老师宿舍就在我们的教室东北方向，有一坡二十多步的石阶。他边打儿子边说这句名言。当时正是课间休息，他在气头上打儿子，不知石阶下面有那么多观众。

多年后，我遇到一个同学，说起旧事，她说化学老师的儿子考上了重庆大学。

我女儿出生后，我给她讲这个故事，她做错事后，主动伸出手来，要我惩罚她。我没有。我对她说：我会惩罚自己，把自己关在屋子里，你在屋子外思过。

空间阻隔，让两个心系一起的人，独自思考所发生的事。这样的结果比体罚有用。

在我的成长过程中，我从未得到过母亲或是父亲的奖赏，也很少得到学校里的奖赏。曾有国内的杂志约稿，说到他们有两年一度的奖，我说我从未得过奖。他很吃惊。我是边界外的人，从这一点来看，也未必不是好事。

坏事变好事

从小到大，有人会非常喜欢我，有人会非常讨厌我。上会计学校时，最后一年班主任是一个女老师，刚大学毕业，一派雄心壮志。也怪，她一来，就盯上我，没多久，把我挑出来了，把我叫到办公室，很直接地告诉我，她非常讨厌我。

我问为什么。

她说：因为你另做一套，你做课间体操没精神，你上课打瞌睡，你作业最后一个交，最主要你看不起我。

我说：这是你心里想的，怎么可以怪我。

她说：你在狡辩，你会受惩罚。

我问她：你要怎么惩罚我？她说以后就明白了。

后来我才知道，她把我的档案写得很差。

因为档案差，毕业分配时我被踢到了学校系统外的物资局。物资局因为改革开放政策改变，而成为热门。到物资局报到时，局里管人事的头儿面试我，说档案里写我有反骨，不能重用。他问我是怎么一回事，我把自己和班主任之间发生的事情讲了。他认为我很诚实，将我分配到一个不错的公司。

结果坏事变好事。

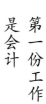

第一份工作
是会计

人生第一份工作是会计。公司是陈立夫的一所老宅，会计室两大间房，二十多个人，只有一台电话。随着我开始发表诗歌，那台电话叫到我的名字多起来，一个人或一群人，不知从天南地北哪个地方冒出来的诗人和艺术家要见我。办公室的人侧目看我。

我请人吃火锅，方便也便宜。我有固定收入，福利好奖金多，相比那些诗人艺术家，我是一个小富人。艺术家们知道我做会计，说太辛苦，阻碍想象力，便怂恿我不必工作。他们说：你看我们都没工作，不必管这么多，车到山前必有路。那个时候年轻，没想过后果，便辞了工作。

为了艺术，特别疯狂。

小时穷怕了，怕饥饿，我起早摸黑，辛苦写作。我靠写作为生，从辞职后一直到现在，几十年如一日，不敢怠惰。

那时生活便宜，发表了一首诗一个短篇一篇散文，拿到六十块钱稿费，就可以轻松度过。

B

外界之外

在
路
上

当年凯鲁亚克的长篇小说《在路上》和塞林格的《麦田里的守望者》齐名，还有金斯堡的长诗《嚎叫》，先是油印刊物，片断式读到，数不清有多少回，我是醉着怀抱他们的文字在火车上睡着的。

经历过八十年代的人，每个人都有一个《在路上》那样的故事。那是在解冻之后，"四人帮"倒台，文艺界处于一种苏醒、松解的状态。好像我们处于一个可以解放的时期，其实不是。所有的苏醒和解冻都非常地缓慢，打个比方，一个艺术家要搞一个行为展，你开门的一刻，公安局来了。艺术家、诗人走在最前面，很多人当时都被抓了，从监狱里面放出来，然后又被抓进监牢，他们是为了做这种艺术和思想上的解放。

当时的重庆有各种各样的社团，哲学、诗歌、绘画，进公安局的人也最多。我们喜欢黑灯跳舞，贴面舞，当时也不允许，我好几次差点被抓，都通过窗子逃走了，还好，跑得快。

重做学生

重庆在长江上游，上海在长江下游，跟长江有关的地方，还比如武汉，都跟我的初心有关，跟成长背景有关。一个人的口音三岁时已定了，我是重庆的口音。一个人从哪里出发，就会从哪里开始。童年世界所有的声音、气味、节奏、呼吸，都会影响一个人的一生。

写上海，缘起于我在复旦大学读书的一段时光。

我不是一个特别好的学生，可我是一个很用功的自学者。除了睡觉和上两三个老师的课，几乎都在图书馆里面，看我感兴趣的书，做大量笔记，有大量知识储备，从书本上了解这些地方。写小说时，其实是重新回忆，反复印证从小认识的世界、几十年走在路上的经历，与之融合。1991年我到了伦敦，伦敦大学东方学院图书馆的各类珍品奇书，使我受益匪浅。因为各种文学活动，见识到非常女权主义的作家，比如写《橘子不是唯一的水果》的女同性恋作家，也有很多知名的作家，比如《第二十二条军规》的作者，包括得诺贝尔奖的作家纳丁·戈迪默，跟他们有过深刻的讨论。对我的文学观而言，是从一种很压抑的状态到一种很理解的状态，我重读他们的作品，也学到很多东西。

出国

在英国，曾度过了十年时间，这十年，见识到与以前完全不一样的世界，经历了很大的人生挑战，得到了不少经验教训。

国外也有贫民窟，种族歧视严重。最先住的房子是一套带花园的两室一厅，楼下英国太太见面时常问问天气。待她在医院临死时，去看望，她拉着我的手，误以为是她母亲，她说她的楼上住着一对中国人，街上邻居都不理他们，因为他们是中国人。

后来我们搬家了，到一个更大的房子里，那儿房子大都是白或乳色，我把外墙漆了深蓝色。过路的中产阶级邻居摇头，他们不高兴中国人来住，而且把外墙色换了，说是影响房价。可是同一条街上有一天搬来印度人，把房子外墙漆了黄色，他们不指责，印度人在他们眼里比中国人地位高。住在英国，和国内相比，清闲自由，你爱说什么都可以，却没听者。

我们雌雄同体，

与一个时代并行，

又与另一个空间相连，

尘土中传来大象的蹄声，

谁被它凝视？

在国外

　　在国外，就是孤独，就是隐居。清早起来将地板清理一遍，打扫卫生。做菜，养花养鱼，花园里有苹果树、樱桃树、桃树、梨树。我写完一个小说，花园里的植物都开花了，鱼池里小鱼长大了。附近公园的红狐偶尔会来拜访，它天性不肯被圈养，被我写进了书里。

　　书房是个白色阁楼，夜里一打开大斜窗，全是亮丽的星星，而中国正是阳光灿烂之时。距离让想象力更丰富，这种跨越时空，成为有意识的艺术行为。

　　从八十年代离家到现在，一直都在路上，直到走到西方，前后花了二十年。从2000年到现在，又是二十年，但从未想过放弃凝视童年生长的地方，也从未放弃写作。

知道自己要什么

二十八岁时，在上海，我如铁锅上的猫，无主无助！有一天我凝视黑暗中稀少的星星，突然明白自己这一生要什么，心也一下子静了：一心要离开这块土地，跟当年一心要离开山城重庆一样，那时十八岁。

三十八岁时一心想离开西方，决定在北京生活，于是我义无反顾买了一张机票，走了，直到现在。

一切都变得真实。

重
庆

1997年，荷兰电视台来拍我的专题片，几乎把重庆与我生活相关的地方拍了个遍。那时，重庆还不是直辖市，南滨路仍是沙滩和吊脚楼房子，朝天门广场还没有。荷兰导演在人民大礼堂附近看景，仰望四周冒起来的高楼（他原以为重庆是一个村庄），不由得叫道：老天，我怎么觉得到了香港？

有一年吉林电视台又来做我的纪录片，重庆又大变了，南滨路全是酒吧和餐馆，成了最繁华的一条长街，他们认为重庆已经比香港还香港。重庆大都会中心，完全像巴黎和伦敦的购物中心。楼上不仅有重庆火锅，也有地道的西餐，英国领事馆也在这儿。

他们白天扛着摄像机，不停地要我讲述重庆掌故和我的创作，不放过一条小巷子。一到晚上就回到漂亮的南滨路，坐在餐馆大玻璃窗前拍重庆夜景。

我见过的城市，只有旧金山有如此的山水境界。我喜欢乘过江轮渡到朝天门，乘缆车而上。走到解放碑步行街。转到较场口，下可过大桥到南坪和南滨路。

坐飞机降落重庆时，总在重庆市区上空盘旋，我看下面熟悉的地区，心想，如果我一直生活在重庆，首先是存活，其次才是写作。这个地方很容易把人变成疯子或怪物。

但，对一个有梦想的人来讲，是很难被毁掉的，因为她身上具有重庆这个城市顽强的天性。

上海

父亲的妹妹住在富民路，是一幢老房子，我在复旦读书，经常周末去姑姑家吃饭，逛南京路。周末看国泰影院的连场电影。

我喜欢深夜走过老上海的弄堂。后来我做《上海王》新书发布会，住在国际饭店。做了奇异的梦，三个女人走到我床前，发现我在睡觉，打开衣柜，换上我的衣服后，朝窗子走过去，牵手跳了下去。第二天我问到酒店相关的人，说是我住的房间当年真有人跳楼，还说到电梯那儿摔死过一个女明星，当时电梯在修，她没注意，一步跨入。

上海的阴性对我来说充满了灵感，一到这儿，我的神经束就立起来，故事朝我漫天扑来。上海是一个美人，穿着旗袍，永远年轻，永远知道我在想什么，我与她在夜晚相遇，她回眸一笑，我便心动怡然。从1989年那个秋天，我从火车上下来，脚踏上月台的那一瞬间，我就知道，这个城市与我一生脱不了干系。

伦
敦

　　我一直不认识伦敦，伦敦对我而言，是多面脸。此刻，我就在伦敦，窗外居然飘起大雪，少见的大雪。

　　伦敦有运河，运河有船，以前想在船上生活，现在也想，我的英国出版商A与她的作家丈夫就生活在船上，经常在脸书上看到她晒照片。我第一次见她，她还是我的文学代理人，墙上是极大的油画。她把我领进布鲁姆斯伯里出版社，没想到之后她进了那儿，做总编辑。

　　伦敦这儿有太多记忆，好些东西是我不敢面对的，这一年，我都阻滞在此，就不得不面对。命运之舟的涌动完全不依人喜好而定，我伸手握一片雪花，它冰凉，可是在手心里，没一会儿就融化了。真理却相反，它在那儿，一直在那儿，待你看清之后，还在那儿。

北京

从小，我心里就向往北京，能到北京，就是最好的梦。我一直做这个梦，靠近它。

北大对我是一个地标，景山公园也是，我曾登上它的顶，俯瞰整个北京，用一个英国诗人朱利安的视角看北京，胡同里他与阿克顿见面，他们对北京充满感情，这既是他们的心境，也是我的心境。

在这儿第一次见到诗人蔡其矫先生，他陪我走在老城墙下，一起看护城河。在这座古老之城，我见到了许多人物，都是心仪已久的。北京藏龙卧虎，北京新鲜如春风，北京2000年那个生日，我第一次用写作的报酬，换了一个可安放书桌的房间，那也是人生第一次安定下来，虽然是一个人。从那之后，我在北京整整住了二十年。

移
民

　　世界文化的分裂，先是对抗势态。欧洲的白人，
自早些年多佛事件、澳大利亚船民事件之后，对"移
民"两字，谈虎色变。英国公投脱欧，美国前总统特
朗普限制难民和西亚北非七国公民入境的行政令，暮
日之光降临全球。没有移民，哪来现代世界？

流散

　　现代世界移民现象普遍，尤其是知识界人员的大量移动，构成了一种新的文化景观。当然也包括先前的移民后代，奈保尔这样的人物，构成了一个全球性的"无根族"。

　　"流散"这词，Diaspora，原是希腊词，指的是《圣经》中说的犹太人长期流散。犹太人这样的"散居民族"，只能靠文化上的独立贡献而立足。在当代，这种流散不再是个别民族特有的现象，几乎各个民族都有。流散是我的衷心关怀。西方各大学现在都有这个系科，称为Diasporastudies。我自己应该算是一个流散文学作家吧。体现本土与异国之间的一种文化张力：相互对抗，又相互渗透。

自
由
与
秩
序

　　有了秩序，免于混乱，个人的自由与公共秩序是
成悖论的，若是不公正的秩序，那将更混乱。对作家
而言，自由与秩序的关系，是一部优秀小说所需要的
构成要件之一。

局限与界限

局限，如同四川的盆地意识，我经常遇到老乡，问他们为何要离开重庆，都会说，不想一辈子在原地待着，那会局限自己的发展和想象力。

界限，更致命。跟着博尔赫斯穿越迷宫时，一个人他如何选择，界限究竟是什么？

丘吉尔说，你不面对现实，现实就会面对你。他还说，当我们跪下去的时候，伟大领袖便产生了。当我们不会反抗的时候，奴隶便产生了。当我们不会质疑的时候，骗子便产生了。当我们太娇惯的时候，畜生便产生了。他所说，涉及"临界点"，也可以说涉及"界限"。

而女性，面临社会和世界时，更多的界限限制了她们的发展和声音。界限因我们而设，我们为打破界限而生而行，如果我不说，谁会为我说话？如果我不能说话，那像我一样成长背景的人、那样的女性，她们都没地方可以说话。我不仅是在为我自己说话，也是在为她们说话。

竞争和解共生

同一对父母生下的兄弟姐妹，生长过程中各有各的境遇，相貌和智商、生活条件不同，加上父母的关注疼爱程度不同，产生的矛盾是根深蒂固的。有一个朋友写了一本自传体小说，讲述二十世纪八十年代，其父好不容易办了移居香港，父母只能带走两个孩子，而她家是三个孩子，最小的才是婴儿，当然得带走。父母决定留下老大，可是还想显示公平，让老大老二抓纸团，父母做了手脚，无论老大抓哪个纸团，上面都会是留。结果老大留在内地，老二跟着父母到香港。老大跟老二的人生轨迹从此完全不一样。这个故事的残忍是，当老大多年后拼尽一切来到父母身边后发现了当年抓阄的真相，这真相太残忍，同是母亲身上的肉，一个得到爱，一个失去爱。他们相聚在他乡，母女关系糟糕，故事一点点展开，最后姐妹和解，可是与母亲呢？一切都晚了。

　　我与母亲的关系，用了两本书来探求，与兄弟姐妹的关系一直延伸到现在，经过大半个世界、恩恩怨怨，随着时间的流逝、父母的离去，渐渐地达成了和解。如果天再下雨，我们回到幼年时，母亲的大床下只有一双雨靴，相信，不会为之争夺，不会用尽诡计，会公平地说，今天下雨雨靴是老五的，下次下雨雨靴会是老六的。

尊重与纵容

　　我是一个水塘，你是一个水塘，两者并立，互不侵犯。彼此尊重，水塘就变成了一个海，给人空间，实际是给你自己一片自由。尊重就是距离，没有距离，即使是同林鸟，也会各自飞。

　　英国家庭对待子女是这种方式，让成年子女独立，子女有了家庭有了孩子，最多只在出现特殊情况时帮助照料孙辈。中国家庭一般则是包养后代的后代，认为是应尽的义务和责任。

　　纵容的下一步就是鼓励人犯罪。

病毒启示

2020年因为我的中国签证过期，申请延期未成，我只能回到英国，先是在女儿住宿的学校外租了房，住了一段日子，其中包括自行隔离时间，之后便接女儿出来吃她想念的中国饭。后又住到朋友家一段日子，最后租到好几个朋友和家人所在的兰巴斯地区的一套房。搬到此地，正是伦敦全面隔离开始，中国使馆闭门，无法办理签证，我们遵守规定，没有见人。女儿学校也关门，去车站接她回来。就三人相处。好在这套房子有一个大露台，楼下马路边有三个大食品超市，又在地铁边，有珂拉珀姆公地，过马路就是。

超市门前排长队抢食品的人，我在窗前可以看到。我是看到人少时，冲下楼去购食品。因为是租的房子，只有一个书桌，给女儿用，餐桌给先生用，我想购一个书桌，可是家具店关门，发现熨衣板可以当书桌时，我便放在窗前。我写作，看救护车经过，看隔开两米排队的人戴口罩，一天比一天多。每天我们一家人都去公园走八公里。公园里的人，都是出来透风锻炼身体的，经常看到孩子们坐在阳光下，手捧一本书在看，也有警车在边上巡逻，看有无一群人坐在一起，不按规定隔开两米。

每天过相同的生活，除了准备一日三餐，就是写作，读书，走路，晚上看电影，我透过时间看自己。

窗外间隔一段时间就有救护车的尖叫，深夜和清晨都没有停止。这场病毒对每个人都是考验，死神追击人类。单纯谈论国家与国家、民族与民族、个人与集体的冲突与矛盾，无论你的立场是什么，如果不认清人类所犯的错误使大自然病入膏肓，这病毒就是大自然直接的惩罚，我们人类永远无法前进。

这病毒看来不会那么轻易退场，将持续下去，多久，不能预知。但有一点可以看到，我们的生活结构因之改变。人独处，或是以家为单位结成小群

体，与外界保持距离，一切依靠网络交流并购食物，

而生存。

我们住在兰巴斯四十二天。之后，我们搬到北

伦敦。

疫情中的伦敦与故乡

相隔八个时区，夏令时七小时。说远也远，说近也近，因为视频通信，异域变为近邻。我离开中国了，中国疫情变轻；我到英国了，英国疫情变重。在很多年前写过一个短篇，写中了病毒的人，如何解除病毒。

人在小说中能解除危害，现实中却不能。没想到，提着一口五十厘米的登机旅行箱的我，居然在离开伦敦二十年后，头一次在这里住得这么久。久到我得联系我的GP（社区医生。英国医疗体系中病人先由社区医生诊断，再由社区医生介绍到医院），久到我不再是一个旅人而再次成为一个居住者，走遍新住地方圆几十里的大小街道和长得横穿伦敦东西的运河，看着摄政公园的女王玫瑰园里花朵从含苞待放到凋谢。

这儿有一个动物园，也关闭着门，听得见动物们的叫声。叫声没有特别不同，因为它们一样被关闭。自由，只有失去，才显得珍贵；故乡，只有离开，才明白它的内涵。每个人戴着口罩走在公园，我听见有人说汉语，会停下来注视，听到有人说重庆话，那心里会是激动。有一次意外在附近发现一个大亚洲超市，我看到产地是重庆的小尖椒辣椒酱，一下子站定，仿佛长江水漫过全身。

C

内心之内

信
仰

西方有宗教的传统，有问题的人会找牧师忏悔，找心理医生咨询。我们那一代从小受的教育是做共产主义接班人，新一代中国人的思想体系建构跟大时代的经济变革相关，生存价值观发生了变化，民族主义占上风。但一旦说到一个地区或是国家发生的灾难或是不好的结果时，会认为是他者所造成，自己是无辜者。

《圣经》讲，人生下来就是有罪的，就是原罪，孟子说"人之初，性本善"。我写书，想探寻这善恶，以及原罪的来源。与别的作家不同，我认为自己也有罪，我把罪恶的根源写出来，我自己就是这罪的根源。

悲剧发生，人都爱找原因。我们经历了一些特殊的时期、特殊的时代，好多悲剧，是天灾的，是历史的，是人为的。在国外国内出版的讲这些时期的传记或小说，有一个痛点，就是认为悲剧是由当权者和别人制造的，从来没有自我忏悔，没有想到自己对别人的伤害，错的永远是别人，所有的苦难都是别人造成的，却忘了他自己也是参与者，他自己也有罪。面对所有那种灾难，或浩劫，其实每个人都是参与者，只是参与的程度不一样，但是很少有人来反省自己，没意识到这是个集体行为，没意识到自己参与的那一部分也是有罪的。

我
都
信

不管是基督教还是佛教，我都信。我信有，不会信无。

你不能够怪罪生活，你不能够怪罪命运。一个人只要虔诚，始终爱人，相信这个世界始终是善的，那么你总会看到美好的事物。

很多人什么都不相信，这样的人其实是一个穷人。

二十岁前很"盲知"，收音机里念《圣经》时，每一个字都能背下来，那种信是一种盲目的信，同样，那时的叛逆是一种盲目的叛逆，那时的愤怒也是盲目的愤怒。

反思意识

　　面对曾经历过的苦难或记忆，很多人能忘记就忘记，我经常听到人这样说："我才不想那个最糟糕的时候。"以健忘为根本，逃避一切不好的东西，是一种明哲保身的选择，或许是求生本能的反应。

　　但一个民族需要反思，需要吸取历史的教训，唯有这样才能有所进步。当时好几个朋友劝我拿掉母亲捡垃圾、在"文革"中经受打击和耻辱这些情节。我也犹豫再三，但最后我决定保留。在中国文学史上没有这样写母亲的，而我写母亲，是要写一个真实的母亲，写她付出了多大的牺牲和代价。我母亲的一生是一个缩影，可以反映好多我们特定社会和历史中的女性——尤其是下层女性，那种拼尽全力以捍卫自己做人的尊严的女性——在社会上的地位和不幸遭遇。

上天的指派

　　我凭本能存活，很多次都几乎死了，可还是活了下来。每一个人来到这个世界上，上天都给了他指派，有的人成为魔鬼，有的人成为天使，有的人成为一个售货员，有的人成为一个修缮工，有的人成为一个废人，有的人成为画家，有的人成为批评家。生下来那一刻可能什么都已经安排定了。

　　有的人反抗命运，反抗命运得看你有没有能量和它对撞。比如我的使命就在那里了，我姐姐们的使命，跟我也差不多。她们也想跟命运对撞，但努力不够，未朝自己的目标前行，那么怎可能成为另外一种身份？

　　上天给你指路，像小孩百日抓周，大人期望的有很多，可小孩偏偏就抓那大人想不到的一件东西。不是小孩子自己的主意，而是上天在暗示小孩子。比如这里有三个身份给你，你可以按照上天给你指定的路走下去，成为千千万万的人中的一个，走指定的这条路，其实上天同时还给你另外两条路，一条路就是你得拼命努力，往前走时不断地对抗它，用中国哲学思想注解，就是有块大石头，遇上，我不可以后退，只能滴水穿石地穿过它，也可以绕道而行，用那种迂回的不屈不挠的精神，一直达到最终目的；还有一条路，就是你非常努力，但中间你受不了苦，只得放弃。大多数人是走指定的这条路，或者是想改变命运却没有坚持，很少有人能一直往前冲，冲到最后，成为自己选择的那种身份。

我
的
自
我

我的自我不由命定，由内心的呼唤定，我由着内心朝前走。只是跟我母亲不一样，我成为一个书写历史的人，记载那些存在过的声音，我母亲不能做到这一点。我颠覆了这种命运指定的角色，也可以说我是天生的反叛者。

以前我说过一句话：我生在大饥荒时，我成为私生女，靠着我母亲的坚强，活下来，我的家族及相识的家庭都死去好多人。我常常问自己，为何我活下来了？我存活在世的意义是什么？我的自我，把我定在书桌前，我写，像一艘潜水艇，不畏一切地击毁想象的敌人，打捞大海中的奇花异草。

接受真相

　　没有人一开始就可以接受真相，比如身世，比如婚变，比如亲人死亡，比如朋友的背叛。真相不是一把刀，一下子切开你的脑子，真相是虫，一点点吃掉你的心，慢性吞灭你。

　　真相其实不止一个，真相在转述时也会变调，一年前你失去爱人，十年后你回想他，再叙述，这真相以另一种真相存在。我一直是走路三十分钟去卡登镇购中国食物，有时也乘公共汽车。但是回来要走路，找公共汽车站却找不到，我查GPS也找不到。食品太重，我就叫出租车。突然有一天，我发现车站在超市边上。因为太明显了，我忽略其存在。

悄悄说，有一天你我必相见。

一切都是虚妄，

结局早定，却被我们改变。

理解与原谅

从1980年十八岁生日我见了生父后，我发现我之所以是家中一个多余者，之所以一直在生活中被人欺负，原因在于我是一个私生女。我内心充满了对整个世界的恨。我离家出走，有十年时间流浪在全国各地，作为一个诗人，存活。

我当时很想把自己的成长过程写出来，可是我心里有太多的愤怒和恨，无情的时光随风而逝，有差不多三十六年。在1996年时，我感觉这愤怒和恨在减少，虽然每每回想过去，四面狂风仍如往昔一样袭来，我的头发和衣衫被吹得不成样子。我决定动笔写，写时，我的心却能镇静。这镇静让我看自己，毫不留情，解剖生命时，白刀子进红刀子出，做一个无心之人！这书写了一年，1997年在中国台湾尔雅出版社出版，得到当年《联合报》"读书人"最佳书奖。

遗忘的罪过
与恩泽

　　怀孕时，我读了好多相关的书，如何做母亲，怎么养育孩子。有一本书里说，生一次孩子，是一次记忆重新组合，该忘的忘了。我发现是真的，我的脑子就像一台电脑，它把我不想记起的人和事全部删掉。经常会遇到人叫我名字，我不认识他。他仔细说事，我还是瞪眼相对，脑子空荡荡。

　　2020年夏天回意大利的家。因为四年前那个地区遭遇地震，虽不是在震中心，但我家房子里面的墙出现了裂痕，尤其是屋顶大量十六世纪的壁画遭到破坏，欧盟出钱，意大利出人力，修复工程从排除到找专门的艺匠达四年之久，完工后，我们全家回到那儿，开始整理清洁工作。我发现箱底有好多日记本，其中就有内容说到这类我不认识的"熟人"。一看日记吓一跳，与他们不仅相识，还交际久远。为何被记忆清除？原因是这类人，对我或别人做过不太上门面的事，有的压根没伤害到我，而是伤害了别人，我也剔除了。

消灭害虫，不能说不是福分。一个人一生时间其实很短，于我而言，年少时绝大多数时间生活动荡，成年后大约有三分之一的时间在睡觉，扣除后剩下的时间还要减去旅行在路上的时间，再减去生病、做家务、社交、购物等的时间，有多少时间是用来写作、用来跟自己所爱的人在一起的？可以说，所剩无几。

你
信
任
我
吗

　　许多人都说我的朋友太多，在每个国家每个城市都能抓出一大把。这话不假，是因为我走到街上，看到一个顺眼的人也会聊上，聊投机了，三观皆对路子，就成为朋友。这么交朋友，那不成了朋友遍天下？这话也不对，因为我交朋友是减分法，质疑方式。比如我先生的朋友，他们以前都不是我的朋友，因为他们一开始是他前妻的朋友，认为我的出现让我先生改组家庭，都对我有成见。我无所谓。后来，见我与先生生活在一起了，要跟我成朋友，我都预防，先不接受，后来一接触，关系深到超过先生跟他们。

　　你信任我吗？你若做我的朋友，我会信任你。我保守每个朋友的秘密，这也是会有永久朋友的首要因素。弄是非，是失去朋友的首个要素。我不弄是非，也不讲流言蜚语，我有我的出口，是因为我从上小学写第一本日记起就明白，可以保守自己和他者的秘密，积聚秘密多了，可以写成虚构小说。

什么时候
不妥协

　　我有一本小说，名字叫《你一直对温柔妥协》。我妥协，必是这种时候。天生像钢一样的女子，其实命苦。

　　命苦是苦，决不低头。

　　我是最容易哭的那个人，一部狗血电影，也会让我泪洒如雨，一本书只要写了离别，我就会哭。我母亲每回与我分开，她会哭，而我不哭。因为我哭，她会哭得不让我走。

　　就是圣诞节后一个星期，我独自在房间哭，为什么呢？因为一部电影，里面有个渣男，很像我以前遇到的一个人，我要与他分手，他一耳光打来。从那时，这个人在我心里就死定了，无论他之后怎样补救，我都认定这样的男人就是一个混蛋。几十年过去，事实证明，我是对的，他就是一个家暴男。还有一个男人，当时我接济一个朋友出国，给了我身上所有的全部，五百元，当时这五百元绝对不是一个小数目。我这男友知道后，也动手了。我马上离开他。一个对女人动手的男人是男人吗？他不是人。

弱势

一个女性，她一出生，就明白自己处于弱势，尤其在中国如此强大的男权思想体系中。一个女性如果写作，说到底这是一种反抗的姿态，因为有那么多压抑的话想说，有那么多不平的故事要讲给人听。

作为女性，我关心女性本身的地位，女性的成长，女性的婚姻和不公平的命运。

在娘胎里，母亲拥有我的那一瞬间，就是对这个世界的叛逆和不顺从。

恐惧

　　我小时恐惧母亲把我送给外人。母亲曾把我送给城中心幼儿园的老师，母亲与她是结拜姐妹。但没待多久，母亲把我接回了家。后来母亲又送我到她的家乡忠县，在那儿待了一年，才把我接回家。如果母亲不接我回重庆，我就会像农妇一样嫁人生子。中国多一位作家少一位作家无所谓，反正作家多的是，但对我来说，命运就截然不同。

　　我恐惧父亲死，结果父亲走了，我恐惧母亲死，结果母亲走了。我想，不能恐惧我爱的人会有什么不好的结果，那么转移恐惧、减轻恐惧吧。我1991年到达英国，从录像店里把世上所有的恐怖电影借来全看了，以具备对抗恐惧的心理素质。

　　写作是我的日常状态，最恐惧的是不能写作，如同做菜，我最怕的是一分心切到自己的手指，这种情况出现过好几次，我恐惧极了！不能自由地写作，比切着手指头还让我恐惧，简直生不如死。

恐惧也会上升等级，就像这"新冠"，因为它，不能回到中国的家。

托马斯·怀亚特，也是十四行诗的首创者，他的诗，常常在这异国他乡浮现在我眼前：

　　我找不到和平，当我所有的战争已经止息。

　　我恐惧并希望。我燃烧着冻结成寒冰。

　　我在风之上飞翔，但却无法离开地面；

　　我紧紧抓住的世界，我并不拥有一土一尘。

　　我的监狱并未上锁却没有自由，

　　它并未关闭——但我却完全无法逃脱——

　　我的生死并非掌握在自己手上——

但我们必须掌握，不能投降。

柔软与力量

如水一样流向石头。水软，并浸透，强悍到遇石滴穿，那种气魄击破千万年时间，像子弹一样飞越风之上，那么子弹是力量或是风？那么风或是子弹是柔软？

不打禅语，而想说一下我的个性，如此练就。

当自我意识觉醒时，即便是一个温柔的眼神，也会对伤害我的男人有杀伤力。奇怪，与早年的渣男不期而遇，我不需说话，他就会自行退步。

我从小看《西游记》《水浒》和《三国》这类书，渴望离开旧地，云游天下，渴望加入英雄豪杰帮，为天下不公打抱不平。后来一头钻入外国小说里，是在小说世界里看别人的命运来安慰自身的痛苦。但从未想过上大学是在中文系，我想当律师，那时被美国小说《天使的愤怒》给俘虏。造化弄人，我连考三次高考，都差几分，最后上了会计专业的中专。成为一个作家前，我继续以文学安慰内心的孤独，持续写作，似乎有一种力量在支撑，更加努力，如跑马拉松一样，连停下来喝水的机会都不给自己，我才成为今天的这个人。

对后代的
渴望

　　从未想过要后代。我曾是不婚者，自然也是丁克。我一向认为两人世界是最完美世界，没有拖累，一身轻，想去任何地方都方便。没有任何责任，如果分手，也容易，自由自在。

　　我不想有后代，绝对不想，任何朋友和我谈她的孩子，我头回听会耐心，第二回听会不耐烦。我讨厌孩子，我的姐姐哥哥，从小长大的院子里邻居们的孩子，叫呀哭呀，生病呀，江里游泳淹死呀，捣蛋呀，孩子是人质，绑架大人一生。不，我不要孩子，绝不能要。

　　可是我自以为有了家，有了第二个世界后却突遭其变，又逢母亲离去，那一刻，我突然发现多么想拥有一个生命，这个生命鲜活、纯洁、善良、对我充满无私的爱，那就是一个孩子。我意识到这一点，悲恸欲绝，我已四十四岁，错失了当母亲最好的时间，怎么可能会有孩子？可就是这一年，我怀孕了。上天曾经从我身上拿走的，现在以另外的形式补偿给我。

陪伴养育孩子的过程，让我重新度过一次童年。我学着做一个好母亲，也为了孩子，我写了奇幻青少年小说《神奇少女：米米朵拉》和"神奇少年桑桑系列"五本，真难以相信，时间转眼已过，十四年了。

交流

看柯林主演的电影《国王的演讲》，年轻的国王如何克服口吃，最后能漂亮准确地演讲。我才记起，自己曾有过口吃。

我都是跟自己交流，很少说话，没有听者，不管家人邻居，还是同学老师，他们不需要和我交谈。久不说话，一说话就紧张，就结巴，最后抬起头看人，就忘记要说什么。这个情况断断续续十年，一直到我从中专学校毕业，我还是不能在大庭广众下说话。当会计是对我的性格磨炼，我们会计室二十多个会计，每天有做不完的账，到了年终，要做报表。经常深夜账目不平，觉都没法睡，那时全靠手打算盘。做了两年，为了晚上能看书写自己的东西，我萌生了换工种的想法。可是别的部门不可能进，我学的专业是会计。正巧公司团委书记要重新竞选，这是专职，待遇好，工作轻松，出黑板报，带团员们外出玩，举办各种活动，但是得公开说话。这最后一条，难到我了。我与另外两个姑娘住在公司顶层同一间宿舍里，外面是大会议室，我决定以念文章来练习，然后放开稿子。我请我的室友来听，慢慢地，我的口吃变弱了。原因在于我与她们有交流，我感受到她们不排斥我，她们支持我，我有了自信。竞选那天，就在大会议室里，每个竞选者要讲一段话，轮到我时，我眼睛看着下面的听众，想到他们的需求，我忘记手中的文章，我说了计划和目标，最后，我说我们一起美丽地工作，美丽地享受生命，我会成为他们的好朋友。我得到了大多数团员的票，被当场选为书记。

也是在做这个工作后，我不仅学会交流，也学会倾听，学会了鼓励别人，而受到他们的喜欢。

关系

最早警觉这词在幼年，人说这个人和那个人有关系，发生了关系，是指男女性事。长大一些才懂这词很中性，将事物与事物、人与人相连，放在一起，组合，断裂。只要你思考，它们就有了关系，比如人与水，人需要水，像需要空气一样，人和水有了关系；我和母亲关系非同寻常，她给了我生命，我是属于她的孩子，最初的关系，是僵硬的，藏着真实的感情和秘密，几十年下来，我与她的关系解冻了，可还是藏着秘密，最后我用文字来和解。与亲人的血缘关系，我是无法决定的，前世已定。那与非亲人的关系，我或许可以决定，可以截断关系，相忘于江湖。

时间会化解一切关系的火与冰。

很多年，我害怕与人产生关系，我自闭，能没关系，就没关系。君子之交淡如水，小人之交甘若醴；投桃报李；道不同不相为谋；全是与人的关系。至于人与社会与国家的关系，你存在其中，你不产生关系都不行。比如我的成长过程，1962年（出生），1968年（我六岁，记忆牢），1976年（我十四岁，上初中），不数了，哪一样和国家大变化没有关系？正因为有这繁杂理不清的关系，才产生了那么多萦绕在心上的如烟往事。为了厘清我与个人、与世界的关系，我学会讲故事，因为之前有个叫山鲁佐德的女子是凭着一千零一个故事活了下来。

使命

　　为不能发出声音的、生活在最下层的女性写作，讲她们的故事，这是我写作的使命。

　　我每次站在长江边上，看船看江上的鸟，看天空的云，都会跟一个人相关，那就是我的母亲。

　　母亲就是生活在最下层的一个女性，她从忠县乡下逃婚来到重庆，一生波澜起伏，相信好人好报，爱人比恨人强，原谅胜过报怨。在1962年，她宁肯背对一切，把我生下来，并用一种超常规的方式养育我，让我野蛮生长。

　　我母亲反叛的血液流淌到我身上，足以解释我所有的生活和写作。

女
性
主
义

没有谁说男作家是一个男性主义作家。因为他们就是男权，整个社会的主导者。

女性主义被他们称为女性主义，是明目张胆的欺负：你们是女性主义者，你们是二等人。

好多男性谈到女人时，皆有一个居高临下的态度。我的小说《K – 英国情人》初稿成了后，交给我的英国文学经纪人。他一向权威，看了后说：你一个中国女作家怎么可以写我们的精英圈子布鲁姆斯伯里？怎么能写好"二战"？

他拒绝代理这本书的版权。

这是性别歧视，也是种族歧视。他不相信，一个中国女性作家可以写这种类型的小说。

事实证明，他看走眼了。这本小说写了战争，不亚于男性作家，写英国精英圈子，让身居其中的人惊叹。之后这本书经过好多年许多曲折，最后在国外出版，译成三十种语言，并获得意大利罗马文学奖。这个英国经纪人经常在世界很多地方的书店和机场看到这本书，很想知道他的心情。有一回在法兰克福书展与他迎面相遇，他祝贺我当母亲，而只字不提那书。

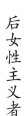

后女性主义者

相对早年的我，我应是后女性主义者，比较宽容、理解男性，而不是用敌视的姿态对待他们。

我烹调，占领厨房，成为一家之灵魂，我是我女儿最好的母亲，我写作，也不再单纯地制造一场男女之战，而是去找根源，我也用口红和旗袍，面容温和，的确我不是男人想的那样青面獠牙的妖魔。

北大教授戴锦华曾用一句话回答她何以成了一个女性主义者，她说："因为我长得太高了。"

我呢，是身材太矮，所以，我看得见最低处的真相。

重庆长江南岸野猫溪的一草一木都在我的血液

里，从那里出发。我的成长经历跟其他女孩子不太一样，任何事都得自己做，不会有父母的怜爱，也不会有姐姐哥哥的呵护，也不会有邻居的帮忙，整个成长的过程孤独无援。我最怕冬天来例假，因为会将裤子全湿透，又怕别人发现，回家洗掉，没有别的厚裤子，就穿薄裤，守在灶前自己烤干裤子。在这个世界上，你要么活下去，要么死。就是一种这样的生存状态。

　　在早年，我无意识地套在这个词里面；在三十岁以后，我认为自己几乎还是在这个词里面；在四十岁时，就是2000年我从英国搬回北京，我对世界与两性关系产生了新看法，走出这个词来。我冷静，不是跟男人的世界妥协，而是试图理解男人的世界。在这个时期，我写了很多理解男性的作品，跟早期的纯女性故事相比，更想探求人性的多面。那个故事发生在汪伪时期，就是电影《色·戒》那个时代，用纯粹的男人故事来写旧上海那段乱世情仇，写人性的残忍。也是第一次钻到男人的身体里，想知道他们怎么对待自己的身体和情人，对待他们的权力。

女
性
意
识

　　女性的自我觉醒，既是现代意识的表现，又是现代意识的象征。不仅上海如此，其他地区和国家也是如此。到了现代，才有把独立人格尊严放在第一的简·爱，才有敢于不守家法的包法利夫人，才有知道女性身体力量的娜娜，才有主动离婚的娜拉，才有敢于用自杀打破压力的安娜·卡列尼娜，才有敢爱敢恨的郝思嘉。

　　我一直跟这个世界格格不入。曾经，我的所有行为、我的写作如此；现在也是如此，会让一些人不太喜欢，也不太适应，却也让另一些人很喜欢，引以为知己。

女权的代价

看电影《钢琴课》，非常震撼，为追求所爱，她失去了一双弹钢琴的美丽的手。

我的母亲因为我，失去爱情，一生受辱。我自己呢，如果我不能写作，我只配被家暴的男人赏耳光，每天以泪洗面。性歧视、性剥削和性压迫多少世纪了，身为女性，感受太多，男人有什么理由谴责女人变心、交换身体？我们生育，我们流产堕胎，我们离婚，我们被性侵、强奸，我们与男性只由生理划分，我们要一样的权利。阿德里安·里奇认为"所有女人皆为女同性恋"，因为女人与男人生来就不平等，从来被他们划分于劣势。我们有了玛丽·乌斯顿卡、西蒙娜·波伏娃，有了苏珊·桑塔格，我们有了多丽丝·莱辛这样优秀的作家，但远远不够，当我们遭遇到男人并应说一声"不"时，要跟随自己的心，而不计代价。

我生活中重要的时刻都是与女人在一起。女人是具有奉献精神的，男人少有；女人是给予性的，男人是索取；女人能牺牲自己，男人做不到。

法国大革命的妇女领袖奥伦比·德·古日的《女权宣言》，说得一清二楚："妇女生来就是自由人，和男人有平等的权利。"有意思的是两年后她就被她过去的男性同党推上了断头台。

从她失去生命的一刻到现在，我们女人在这个世界上从未得到平等的权利。

轨
道

火车行驶，拉响汽笛，冒着烟雾，从过去驶来，向未来而去。

可是我们看诺兰 2020 年的电影《信条》，发现一列火车向前，同时一列火车后退。

我们站在两列一进一退的火车中间。女性生活正处于这个位置，谁是正轨，谁出轨，谁说了算？这个道德标准的依据是什么？

就像我认识的一个人，他离过三次婚，都把孩子扔给了对方。可是有一天我发现他跟所有的孩子都很亲，孩子们爱他，他所有的假期都给了孩子们，他以他的方式爱他们。

同样，我的大姐离婚，都是因为她出轨，而且每次都到了法院那儿，闹得满城皆知，一身是非。但是她最后一次结婚是跟初恋情人，有一天她腿摔伤了，他照顾她。她说：人到生命最终点，才知你真正爱的人是谁，我很幸运，我遇到了他，虽然错失了他，最后还是找回了他。

D

文学疆域

惺
惺
相
惜

我写过几个已故女作家的东西，像萧红，包括张爱玲、苏青。她们是我喜欢的前辈。她们与同时代的女作家不一样，就是她们为自己而活。

她们遇到的男人有些相似：不忠诚，见异思迁，始乱终弃。

她们出生的背景影响一生。张爱玲名公名媛后代，家世显赫，少时没家庭温暖；萧红从呼兰小镇跑出来，和所有男人的关系越弄越糟，最后三十一岁命丧香港；苏青个人生活也好不到哪里，与男人的关系强撑着。

但是她们活得精彩，活得有歌有泣，爱得有血有肉。

萧红爱过的男人，至少史家已经不否认的就有好几个，最后是比她年轻七岁、当时才二十多的骆宾基。她崇仰鲁迅，而鲁迅对她几乎越出了父女式情感，从她纪念鲁迅的几篇文字，从当时人的回忆录，中国现代文学史上一场最秘密也最惊天动地的恋情，呼之欲出。

张爱玲与胡兰成据说是行过跪拜之礼的，胡兰成那时在上海滩炙手可热，是青帮流氓头子吴四宝的军师，她也糊涂跟着。此后胡兰成已经不知道换了几任妻子，甚至打发怀上自己孩子的女人找她解决问题，她还当掉细软给了这孕妇。最后胡兰成写信到香港，要求张爱玲介绍他进CIA做特工，才把张爱玲吓出一身汗，从此不再通音信。张爱玲一下萎谢了，嫁给一个美国剧作家赖雅。张爱玲爱赖雅吗？只是为了在美国不孤寂地生存下去？

萧红的爱，是愚蠢的，一见钟情赴汤蹈火，一言不合，拍手走路。张爱玲的爱，是算计的，人情通达，有所靠有所得。张爱玲仅是在过孤芳自赏的日子而已。两人都是红颜薄命？不，萧红爱得热烈，始终充满激情，命短而不薄；张爱玲做人矫情，性格孤傲，长寿而不幸。

艾米莉·狄金森

生命是太多的错误和遗憾，后悔莫及。十八岁离家出走时，因为太年轻，对现实愤怒而绝望，对未来迷茫而不知所措，在一个朋友家里，非常炎热的下午，我读到艾米莉·狄金森的一首诗：

　　有一天我失去了一个世界。

　　有人看见了吗？

　　凭它前额上环绕的一排星星，

　　你就能认出它。

我激动万分，她走进了我的内心。她相貌平平，终身未嫁人，生前只发表过八首诗，死后诗作影响了一代代诗人。我着迷于她的身世，她的无爱之爱、精神洁癖，诗不自觉地受她的影响。

夏洛特·勃朗特

　　有一个寒冷的周末，家里只剩下我一人，我读了夏洛特·勃朗特的《简·爱》，读得眼睛透亮，胸口直跳——原来在世界的另一边，还有一个女孩的命运与我相似，一个孤儿，在孤儿院里受尽欺压。原来还有这样的爱情，超越相貌、金钱和地位，而获得真正的心灵相通，这正是我渴望的爱情，一个少女梦想的爱情。或许就是在那时许愿，日后要和一个罗切斯特先生式的人订终身，后来发现这种"父女"之爱带有盲目理想色彩，离真正的幸福遥遥不可及。

　　可就是那些读她小说的日子，我都以简·爱的走路方式走路，她的思想注入我的心里。少时的我，本性倔强、孤僻，又自恃聪慧，与周围人难融合，与她一拍即合。

她的《简·爱》拍了一个又一个电影，导演换了一个又一个，怎么拍，怎么导，都不是书给我的简·爱，谁叫我那么小的年纪就看它呢。

艾米莉·勃朗特

读到艾米莉·勃朗特的《呼啸山庄》是在看了《简·爱》一年之后，我读得泪流满面，湿了手绢，看到挖坟那一段，整个观念被摧毁，重建。高声狂叫：我要写一本书，如此，才不枉来世一遭！

有意思的是，这位妹妹后来居上，她对死亡和对男人的态度，比姐姐的思想更永远地占有我。

对《简·爱》是喜欢，对《呼啸山庄》是酷爱。九十年代初到哈沃斯作家故居参观，发现她们的床都是那样小，而房子很大。牧师家，吃住教会，不可能穷。一家孩子，个个是天才，个个命薄。整个镇子，都世代吃勃朗特家，变成著名旅游小镇。

站在山峦之巅，我看远远的山野，听着冥冥之中她们走近的脚步。她和姐姐还是幸运的，在那时的世界能出版自己的小说，虽然不及姐姐的小说畅销。她写作，是在做家务事时进行的，一边揉面、做饭或者熨衣服，一边在纸上记下情节。

苏珊·桑塔格

苏珊·桑塔格，每次看到她的名字，我脑子会兴奋，会思考。

这个名字对我是一个鞭挞，如果我记得这名字，我不会放弃写作，也不会与这个世界妥协。尤其是她对时代以及文化的批评、她的小说、她的摄影论，是确认经历的方式，同时也是一种否定经历的方式，她对种族主义、美国存在的问题，毫无妥协、毫无保留地质疑，永远是我的镜子。

她在院子后面挖洞，一直挖到中国，这个一生想在中国获得新生的人，终生反对她的国家。

她说：一天只有二十四小时，但我试着以四十八小时来对待它。她说：从现在起我准备写出每个我脑子里出现的该死的东西，一种因长期浸润于高雅文化而产生的愚蠢的傲慢。我的嘴腹泻可打字机却便秘，我不在乎这话脏不脏，学习写作的唯一之路就是写，说你正在思考，这个借口不够好。她说，念旧是为了弃旧。而我念旧她，从不弃旧她。

离开树，经过你的身体，

我固定在此，如同痛，如同记忆，

将尖利的刺编织成花冠，给你戴上。

金
庸

2019年，金庸这位武侠小说的大师离开了我们。

其实他的任何一部小说里的女人都是为男人服务的，他是个男权主义者，用冷酷的冷兵器时代的方式对女性进行剥夺，他的作品中女人都成了牺牲品。

1998年，金庸在美国落基山麓的国际研讨会邀请了我。金庸几天下来听了来自全世界各家评论家的声音，对我的论文印象深刻。因为我批评他的男权思想。他在会上说，虹影小姐的论文写得最好。这不是有意让他人与我为敌吗？我看他的小说本质。会议结束，一大群人去一个地方吃饭，他非要我坐他的车。他在车上一直与我聊小说。金庸也是一个有自我批判精神的作家，那天他说要修订他的所有小说。他的夫人在边上说，他已经在修改了。

博尔赫斯

好多年，好多年，博尔赫斯的诗歌陪伴我，给我温暖。他是一座可探求的迷宫，引领我走向诗歌的神秘莫测和故事的精心结构。少有一位小说家，写诗超过诗人，博尔赫斯是。少有一位诗人，写小说超过小说家，博尔赫斯是。

他眼瞎，但心里明亮。他写的是无，而不是有，他根本不关注我们的生活、我们的存在。可是，有时候有就是无，无就是有，你根本无法把它们区分开。博尔赫斯有脑无心。

我们都公认博尔赫斯是伟大的作家，但他的作品，开始、中间、结尾都是一样的，他制造的迷宫，让我们思索，让我们着迷，他自己也在这迷宫里，长篇他就一定写不了，他就是走不出来。他的缺点，是重复的无，没有在那个迷宫上面再建一座"城堡"，像卡夫卡那样，在这点上，他不能够和卡夫卡相比。

冯
内
格
特

他思考了二十五年写成《第五号屠宰场》。他亲历了1945年这场战争。在德累斯顿老城，上百个被俘的美军官兵在屠宰场干苦力活，大作家也在内。美军飞机轰炸如同开了巨大的宴会，到处是光灿耀眼。整个易北河似乎点着最美的灯笼。灯笼映着人惨死的各种形状。

火焰风暴，风暴的火焰，得出的死亡人数是在8,200到250,000之间，冯内格特相信的是中间数字，135,000人。

这本书使他名利双收，以至于他说：整个地球上，德累斯顿轰炸只有一个人得到好处。这场轰炸并没有使战争缩短半秒钟，没有削弱德军的防御，没有协助任何方面的攻势，没有从集中营里解救任何人。

只有一个人得了好处，那就是我冯内格特：死一个人我得三美元。想不到吧！

海明威及道德

海明威一向以风流倜傥著称，优秀的作品无数，最后朝自己开了枪，结束生命。

英国诗人布鲁克斯第一次世界大战时去世，人说这么美的男子，我们现在时兴的话叫"帅哥"，怎么可以死在战争里？

美人太多，好作家却太少。坚持写下去的好作家更少。文如其人，文人无行，都是文人自我安慰。文人不可无行。鲁迅在1925年说：我就是这样，并不想以骑墙和阴柔来买人尊敬。时过大半个世纪，一些文人做的都是鲁迅看不起的事。

他们最大的问题是没有道德底线，不在乎自己的名誉，如政客、商人一样处世。想想，这个世界哪能不付出代价就空中揽月？

海明威写作时惜字如金，精神上也是洁癖，难怪这个硬汉宁愿选择离开，也不肯继续苟活。他敲响的丧钟为我们而鸣。

威海与庄士敦

威海的气质很安静，残留着殖民地异文化的气息。清朝皇帝溥仪的老师英国人庄士敦于清光绪二十四年（1898）来中国，曾在威海度过了十六年。1919年由李鸿章之子李经迈推荐，被聘为溥仪的英文教师。

我1991年在英国，经常去伦敦大学亚非学院（前身为东方学院）图书馆读书，那儿有国内少见的绝本、孤本，比如《素女经》《房中术》《金瓶梅》等。亚非学院图书馆有一个传统，每隔一段时间，再买新书，会淘汰一些旧书，放在进门打卡的地方，其他人可以随便拿走。有一年我与当时的家人捡到了一本书，胡适的《中国哲学史大纲》第一版，题签给庄士敦的，庄士敦也签了名，我们如获至宝。

我在伦敦，看了不少关于庄士敦的书，印象最深的是《紫禁城的黄昏》，这部宫廷生活亲历记，以特殊视角，讲出那段历史和相关的人物。因为常去他曾经教书的亚非学院，自然听到好多他的传说。他性格怪，容易得罪人，几乎不是一个好老师，学院经常找不到他，得登报寻找。占着好教职，领着丰厚的薪金，敌人树了不少。有人认为他是个同性恋。他认为中国可以跟英国相提并论，他交友、写书，都跟中国联系在一起。

英国布鲁斯布瑞出版社出了两本我的书后，我想写一本关于中西文化冲突的小说，写一个英国诗人朱利安·贝尔的传奇故事，他对"二战"前欧洲的沉闷感到失望，带着氰化钾和遗书，来中国参加革命。写朱利安·贝尔时，我想到了庄士敦。

一个英国人到神州古国，是怎样的心境和面目？年轻的诗人朱利安遭遇了爱情，遗忘了革命，庄士敦相遇了皇帝，运气十足。前者是命运的抗争者，最后死在西班牙战场；后者返回英国，著书立说，却不能永远是幸运儿。

想想，在甲午战争之前，这威海的海上，是怎样的壮观？在英国人统治时又是怎样的景象？一个地方与权力的掌控者连在一起，与人的命运紧密相关。当一切成为定局时，人该怎样面对命运的凶戾多变，以小小脑子之空间保持自己独立自由的精神？这是作为一个书写者，仅存的尊严。什么东西都可以丢弃，唯有这点得永存。

庄士敦在苏格兰那座小岛如何思想，我不得而知。我读到的正史野史，大都是这样：他预感自己在世日子不多，便委托最后一任女友伊丽莎白·斯巴晓特，在他死后将小岛以及他的财物捐赠给英国城市环境和古迹保护委员会。

他去世后，伊丽莎白却将小岛出售，私吞了所有的收入。她焚烧了庄士敦遗留下来的所有信件、未完成的书稿，将庄士敦的一万六千册藏书捐给了他不喜欢的伦敦大学亚非学院，包括溥仪送的书画礼物、徐志摩和胡适签名的作品集。幸亏她没有将它们扔入火中。

那本胡适、庄士敦双签孤本《中国哲学史大纲》第一版与我相遇，当然来自这个女人的捐赠。

我爱你，

给你第一个清晨和最后一个黑夜，

给你极度的绝望和无尽的欢乐，

脚趾陷入土地，手抚摸天空，

这信念是一尊最坚硬的雕像。

阿克顿和陈世骧

同性恋在中国最早出现，始于黄帝时代。几乎每个汉代皇帝都有个把同性恋对象。汉文帝宠幸邓通，赐给他开采铜山自铸钱币的权力，邓通因此而富比王侯，成为中国历史上因"色"而获益最多的男人。唐朝五代，男色之风渐衰，宋朝重新兴盛，元代又衰，明代复盛，从正德皇帝到下面的大小官员儒生，喜男色，尤其宠男戏子。清代情势并不见逊色，不少小说，如《品花宝鉴》，都是对同性恋的仔细描写。

1949年之前，中国是全世界同性恋的最后一个乐园，欧洲的王尔德们来到中国，如鱼得水。我曾在小说《K－英国情人》里写到哈罗德·阿克顿爵士，与我的男主人公朱利安·贝尔有过一段交往。

他生前曾是英女王伊丽莎白二世的好友，三十年代在北京大学教书，和中国学生诗人陈世骧一起，将有才华的中国诗人的作品译为英文，收入《现代诗选》在伦敦出版。华北沦陷日军手中后，他在北京留了两年，1939 年回到英国。他和陈世骧又合译中国爱情名著《桃花扇》，陈后来去了美国加州伯克利大学。

关于阿克顿和陈世骧的同性恋情，在中国至今无人提及，只有我前夫早年写有一文略略说到，阿克顿是著名的同性恋，最喜欢年轻的中国小伙，他在描写外国人在北京的小说《牡丹与野马》中写主角爱上中国男孩杨，对杨一见钟情，因为"他符合我的想象，是中国活生生的象征"。暑期陈世骧与同学一起去拜访阿克顿，阿克顿建议陈回校与他同住，陈"勇敢地"接受了邀请。恐怕其他同学会嫉妒得眼睛发绿。陈的同学似乎没有过多猜忌。陈在阿克顿生日前搬来，与同学一起为他庆生。饭后在花园里，陈吹起了笛子。

那一切发生在北京大学。北京大学，是中国大学的顶尖，是中国年轻一代最向往的学府。

《小团圆》

张爱玲把自己一生经历的事写在这本书里。她把自己不讨人喜欢、吝啬的一面写到了极致，乃至于看过的人会觉得她罪有应得，觉得不会有男人爱她，胡兰成应该离开她。

张爱玲对自己毫不留情。从文本看，能把自己写成这个样子没有几个人能够做到，表达的意义也在于此。她对母亲，对男人，对身边的亲戚朋友，一点面子也不留。

中国的小说家少有这做派。中国文学史上有两位作家，具有这种冷漠无心肠的思想：一位是鲁迅，另一位就是张爱玲。其他作家，包括沈从文，所谓的一向呼声很高的作家，有一种温情主义的东西，躲进自己描绘的小桃源般的世界里。《小团圆》，更像《饥饿的女儿》，我在《饥饿的女儿》里也是这么"作践"自己、我和母亲的关系、我的那种自我，把自己的痛苦、不满、冤屈，一一道来，把自己写成一个不可爱的人。我每一次气母亲，直到最后离开家，母亲苦口苦心跟我说话，我听，却不愿意对母亲说一句好听的话，甚至流泪也要过了江才流。

《好儿女花》和《小团圆》相比，它描写的不只是一个乱世，还是一个更可怕的世界、灾难后的生活，写人如何带着心灵创伤继续活着。我写母亲每一次在乱世之中的爱，对我的养父、我的生父的爱，还有在"文革"中的受辱救人经历，在和平年代的经历。写每个人很孤独很无奈，是时代的牺牲品。《好儿女花》对亲情的无情解构，比《小团圆》更过分，走得更远。张爱玲没从根本上认清自己和男人的关系，写了胡兰成作为一个男人的悲剧性，但不敢去写他的根底。像胡兰成那种中国文人，最终是要依附在某一个政权之下，他这方面的野心大于对女人的野心，而他在这方面得不到满足，就从另一方面索取而平衡。他把自己与女人关系的错乱，归到每个女人身上，认为是她们的错。

《红字》

十九世纪美国作家霍桑的小说《红字》中，女主有私生女，终身佩戴红字A（"通奸"的英文Adultery首字母），受所有人唾弃。

私生女这个身份，在传统社会里，遭人蔑视，小时我走到哪里，脸上都戴着这红字。想想，1962年我出生，那时候是大饥荒时期，我的母亲，忍受一切把我生下，当面背后都不敢对我示好，因为那样，会让我遭遇到更大的不幸。因为有我这私生女，母亲受尽折磨，甚至到死，也未得到家人的尊敬和爱戴。

我有什么权利指责我的家人，或者指责这个世界？

实际上我们每个人都是参与者，每个人都是有罪的。

《情人》

　　我以不同形式简写或详写童年，写一次便是一次治疗，重新看待过去，整理记忆里的阴影，身体就会轻盈一次。

　　重写同样的故事，杜拉斯做到了淋漓尽致。在七十岁时写小说《情人》，回忆了十六岁时在印度支那与一个中国情人的初恋。七年后初恋情人死去，她又把《情人》重写为《北方的中国情人》。当相关重要的人去世，杜拉斯的回忆更无顾忌，更大胆，性恋描写也更赤裸。

　　两本书同一个故事，却是两个声音，前者像散文，后者像电影剧本，是爱与回忆的变奏。

《第二性》

西蒙娜·波伏娃很美，她的相貌周正，她会穿衣会打扮，重要的是她的思想活跃，永远滔滔不绝，刺激着她身边的异性和同性。

她的《第二性》，我读过N遍。

女人你把自己看成是什么？你把自己看成男人的附属品，那你就是。如果你把自己看成是独立的，是另外一半，要有自己的世界，那么你就会往这个方向去。

西蒙娜·波伏娃从头到尾在讲女人和男人的不同，女人在这个世界上分担的角色。这本书对我的启发比较大，让我想到乔治·桑，她养那么多天才男人、那么多孩子，自己便是一部精彩的小说，那时写书就可以收入丰盛，现在除非写网文，才会丰衣足食。

《一间自己的屋子》

"作为一个女作家写作，至少需要两样东西"："一间属于自己的屋子"，"每年一千五百英镑的收入"。这句影响我一生的话，出自英国弗吉尼亚·伍尔芙的《一间自己的屋子》。这本书在文学领域是对父权文化的清算，标明了长久受父权压制的女性文学的存在，为女性写作找到了一个历史支撑点。

伍尔芙在第六章写道："在我们之中每个人都有两个力量支配一切。一个男性的力量，一个女性的力量。在男人的脑子里，男性胜过女性，在女人的脑子里女性胜过男性。"她说最正常、最适意的境况就是这两个力量放在一起，我们的脑子才变得肥沃而能充分运用所有的官能。

也许一个纯男性的脑子和一个纯女性的脑子都一样地不能创作，须双性同体。她的代表作《奥兰多传》，就是反映的双性同体思想。

这本书让我记着她的名字，也记着自己写作，经济必须独立。

她和姐姐瓦内萨·贝尔是布鲁姆斯伯里文化精英圈的核心和灵魂，她们组成沙龙。不管多么优秀的男人，钢琴师、哲学家、小说家，都围绕在她们身边。

伍尔芙认为创造女性必经历两次冒险。

第一次冒险，"杀死房间里的天使"，回归自我。反社会规范、传统文化的压迫。

第二次冒险，要表达自我，真实地说出我自己肉体的体验。

这两次冒险，启发我思考：一个作家写下自己的冒险和每一次省思，就是一种超越。一个普通读者读我的书，有新的感悟，影响了他的生活走向，就已超越了我的文本。

我们为什么阅读？阅读的意义就在于超越，有的人是用自己另外的形式超越。

那时我未想过多年后自己会写一本与她紧密相关的小说《K－英国情人》。

《恶童日记》

　　如果没有写一个人的秘密，这本身就不真实。写出秘密的文本才是有魅力的文本。

　　我在写完《好儿女花》这本书后，把很多国外写母亲的书都看了，很少有一本书让我流泪，只有雅歌塔·克里斯多夫的《恶童日记》例外。战争要来了，一对八岁的双胞胎男孩被母亲从大城市送到外婆那里照顾，外婆看上去很凶，其实对孩子们很好。飞机来轰炸，母亲来找外婆，想把两个孩子从外婆那里带走，可是孩子们和外婆都不愿意，母亲被炸死了，孩子们却无动于衷地把母亲埋葬。书很薄，讲了一个很残忍的故事，让我很受震撼。还有就是张爱玲的《小团圆》，读完后也是感触很多。

俄国小说

　　我最先能读到的文学作品是俄国小说，受益匪浅。《战争与和平》看不太懂，也一样让我灵魂不安。上初中能从别人那儿借到《野火春风斗古城》《苦菜花》《金光大道》等中国小说，我的第一感觉是，世界不是这样的，那些小说里面的人，要么不食人间烟火，要么身体是钢铁做的，不像有血有肉的人。那时再读俄国小说，开始懂一些，像高尔基的三部曲，我松了一口气，世界就是这样充满不平，这么令人心酸，让人充满同情。陀思妥耶夫斯基笔下的世界，令我心碎而哭泣，不寒而栗。当时我就想，如果有一天我写作，会向陀思妥耶夫斯基致敬，我会写得比那些概念先行的小说更好，因为我了解真实的颜色。

写
作
的
目
的

个人在国家历史中，是局外人。好作家需要真实地呈现那些苦难的意识和记忆，不把情绪和观点强加给读者，不必复仇，要有一种忏悔精神。

她用英文写了好几本书，在全世界畅销，在演讲时，说她写每一本书都是为了报复，小时候在家里受尽了欺负。

这样的作家，我不尊敬。

我写作是要去寻找答案，是自我忏悔。我发现自己有罪，家庭之中，所有的过错都是我的，而并不是别人的。在灾难之中，人人加入，使灾难更加严重。

这是我跟其他作家不一样的地方。我的忏悔意识是与生俱来的。每一次写新小说，我会反思，我到底是什么样一个人？我存活在这个世界上的目的是什么？作为一个作家，仅仅是靠写作为生吗？或者为了写一个好玩的故事，以拥有广大读者为目的？

这些都不是我写作的目的。我的目的，借海明威说过的一句话："写所有的东西就是为了写一句真实的话。"真实成了我创作的核心。记得海明威还说过："一切现代美国文学来自马克·吐温写的一本书，叫《哈克贝利·费恩历险记》，你要是读这本书，读到黑奴吉姆被孩子们偷走就停下来，这是真的结局，往下是骗人的。这是我们最好的一本书。一切美国文学创作从这本书来。在这以前没有什么东西，打它以后的东西没有这么好。"

精神的故乡

　　不完全写自己的亲身经历，或身边发生的事，反而看得清楚、透彻，在结构上也比较自由。异域的背景，可虚构，用不着百分之百准确。

　　人在异域，有漂泊之感，没有根，把握不了自己的命运，容易让人引起共鸣。石黑一雄、奈保尔写这样的小说，以此寻找精神的故乡。

　　"二战"后美国一些犹太作家，像辛格、索尔·贝娄、马拉默德等，也是这种写法。这实际上包括两方面，一是把人物放到异域的背景，一是人物与他所处的环境、他赖以生存的土壤丧失了联系，沧桑感、失落感因此而生。人回到故乡来，寻找一些东西，结果找不到。人在他乡，更难寻找。

中国有几代最出色的头脑，都曾在国外暂居，命运使然，不归来不可能。因为祖国是共同的，任何一行，有人在国外，对祖国只有好处。以色列有一大帮犹太人在国外，使其在各方面有回旋余地。

我用中文写作，作品被翻译成三十种语言，我最重视中文版本，让我内心欣慰，唯有中文，语言可以达到精美。

有一次我跟一个非洲女作家做一场活动，讨论为谁写作。她想把非洲女性的生活真实地表现出来。我呢，关注中国底层妇女。她用英语写作，她说想写什么就写什么。我们汉语作家，没有她那么幸运，我们的作品在西方出版时会遇到大量难题。从一种语言译成另一种语言，本身就不可能准确。中国在经济上起飞，政治上有了地位，可是在文学上，从翻译到重审再到出版的过程起码是五年，最快也要两年，永远处于排队等待的过程当中，还是边缘地位。莫言得了诺贝尔文学奖，英美书店也不会把他的书放在最重要的位置。

中
国
作
家

　　我算英国作家还是中国作家？当然是后者，因为我用汉语写作。拥有英国身份，只是旅行国外时方便。张爱玲最早写作是用英文在报纸上写，但是她发现用中文写作更能充分表达自己，并且她用中文写出来的作品每一部都是那么成功。后来她到了美国，为了生存用英文写作，但是不成功。林语堂的英语很好，他用中文写作非常成功，用英文写作也特别成功，但再也没有第二个林语堂。

　　什么样的语言表达什么样的文化背景、历史背景，这是语言决定的。

　　很早以前，那时我还不能说英文，去参加一个很重要的文学节，那个国家的出版社专门给我找了一个翻译。那时哪像现在，中国作家参加作家节，走到哪里都是讲中文。会议期间我收到了一封E-mail，是出版社与文学节组织者商量细节时写的：这个人参加作家节讲中文！这个人不懂英文！怎么会是作家？另一人回复说：真是怪事，她不说英文。

他们发错了，发到我这里来了。我就回一信问：不要说英文，你们要是知道我连大学都没有上过，是不是更觉得我不应该当作家了？他们连忙道歉：我们对中国文学和中国作家一点也不了解。

我从看到这些电子邮件后，学英文就比较努力了，在那个文学节回答问题时，就用英文说。后来也经常用英文演讲。虽然我的英文不是那么完美，但能够跟人用他的语言去交流，确实不一样。

汉语崛起跟中国的政治经济地位有关。政治地位的提高是由经济实力提升决定的，文学地位也随之提升。

2009年法兰克福书展，中国是主宾国，中国作家说汉语，没有人觉得奇怪。我也参加了，但不是作为中国作家出席，是我的德国出版社请去的。

现在中国作家出国，不用担心到时会不会配翻译；记者来采访时也不用担心，记者自己会找翻译。但这也会带来一些隐患——容易让中国作家自以为是，骄狂。

进入创作状态

　　作家在写作时必须进入一种状态，他可以借助阅读做到这一点。一个外国作家读了司汤达的《红与黑》，他就写出一本完全不同的小说来。这是受其作品影响，如果写出一本一模一样的小说来，这是一种模仿。我喜欢一个作家的作品，想到他写过的文字，灵感降临，就能很快进入创作状态。

　　写小说时，我必须要摆几本书在我的旁边，比如字典和两本都背得出来的书，其实我一点都不必看。比如我必须把音乐打开，这个地方必须要放这件东西，那个地方要放那件东西，如果挪了地方我可能这一天什么都干不了。这是一个非常重要的问题。今天我们在这儿谈话，但是要我今天去和别人说话，那就等于要了我的命。

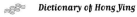

至于创作状态，实际上就是清除一切杂质，所有干扰写作的东西全部不要。文字是一个太干净的东西。如同你看到了一个很肮脏的人或是遇见一件很丑恶的事，你回家第一件事就是洗澡，否则整个人一天都不对，心情都不会愉快，根本写不出什么漂亮的东西来。所以经过一夜的沉淀，第二天清晨醒来时，空气清新，换上干净的家常衣服，坐在桌前，立即就会和笔下的人物见面，安排他们的命运，真是做一个作家的福气。

灵感

　　故事在我记忆里，通过漫长的时间沉淀，很多时候因为其他事件比这个事件更重要，会自动浮现。当我写《饥饿的女儿》《好儿女花》这两部长篇时，记忆浮现出大量的信息，在十八岁生日前后的事和四十四岁时母亲去世后的事同时出现在脑海里，朝我直撞而来。

　　我写，必须理性地截取最重要的事件。

　　与家人或是朋友谈话会撞击心灵，比如一个亲密的人离世、一个物品、一张照片，甚至吃一道菜，都会引动一个故事，想写下来。《天机》，讲一个女孩子的成长，一天写成，结局连我自己都未曾料到：她和她手下的一批街痞男孩子，被逮捕后一起从高桥上跳下河，全淹死了。其他尸体都从下游被打捞到，却独找不到她的，人们发现一具满头白发的老妇人的尸体，但没有人认为是她。这个短篇小说写得并不轻松，转世轮回，因缘相遇，命运自定。

我是一个夹在生与死之间的人，太多的悲伤跨过时间袭击我，这些悲伤就是灵魂的来源，用运动和美食甚至旅行都不能驱逐心里的痛，只有通过小说的形式，用他人的命运，对照自身的命运，得以缓解。

如何写作

写作是要把生活转换成艺术，经常会反生活，弄得自己难以应付。那就停下来，像一颗铁钉一样扎入书堆里，像海绵，吸净书里的水分。

我写长篇时不见陌生人。陌生人会引来另一个世界的信息，会混乱建立起来的虚构世界，一岔开，写长篇的气也就岔了。

我按照梗概来，每天开始工作前，把以前写过的文字看一遍，再接着往下写。经常可能头发不梳，脸不洗，心里有想法，就马上写，生怕一瞬后忘记。这种状态也许持续一个小时，也许持续半天，甚至一天，那么有时一天伏案，连水也不喝，一鼓作气写完。这时我会跑到厨房，做一碗地道的重庆担担面，放重重的辣椒和花椒，把之前那股虚构世界的气给压下去，因为小说家需要像一个正常人一样生活，不然怎么能喘一口气后接着写。

我一般会通过同首乐曲，反复放，进入这音乐制造的轨道，到达所设计的人物心中，写他所想所做。

有孩子后，写作的重要与孩子的重要，不可等同，把时间尽可能地给孩子。陪伴孩子成长，自己也重新成长。奇了，写长篇，陌生人也能见了，完全可以隔绝从前那些坏习惯。

每天写两三个小时，五百到一千字，就满足了。下午开始处理家务和信件。到四点钟接孩子回家，她以为我一直等着她回家呢。之后便没有工作时间，直到她睡觉后，才可能读书、睡觉，经常刚睡着，她醒，就得起来照顾她。我对自己说，必须具备军人一样的素质，随时能睡随时能醒，而精神充沛。

写作时，把真实的状态写出来，不管将遭到多大的非议、委屈，我都不会改变。我的一个家人，和我的一部小说中的男主和好如初，我告诉她：你记住，不管你们以后的结局是什么样子，我的书都不会因为你们的关系好与不好而改变。

年龄与创作

有一种人年龄增长，创作的激情失去，作品也是走老路。还有一种人，年龄大了，内心激情不减，作品一部比一部成熟，比如J.M.柯兹和尤瑟纳尔，前者是那种雅俗共赏的作家，后者的《哈德良回忆录》和《一弹解千愁》为我喜爱，他们不断挑战自己作为作家的能力，风格多变。尤瑟纳尔说："有些书，不到四十岁，不要妄想去写它。年岁不足，就不能理解存在，不能理解人与人之间、时代与时代之间自然存在的界线，不能理解无限差别的个体。经过这许多年，我终于能够把握皇帝与我之间的距离。"

有人回忆她，说她是一个石头雕刻出来的人。这种人不在现实之中，不在时间之中，因此也永远不会死。

我喜欢这个形容：石头雕刻出来的人。

但愿上天让我成为这样的人！

回
忆
的
方
式

记得我带女儿去给我父母上坟，她问：我的外婆是什么样的人？你小时候是什么样的人？我女儿的问题击中我，掀起尘埃，飞起来。

一个人不管用何种形式写作，在我看来，都是回忆。我写发生在未来的小说，写前个世纪、半个世纪前，甚至十五世纪前的小说，心里想的还是童年。第一眼看到这个世界，是怎么样的印象，慢慢地，这个世界在你的心里一层一层加上各种各样的颜色，所有的人在你眼前晃动，你记住了他们的声音、他们呼吸的气息、他们说的每一句话，记住了他们跟你在一起的时时刻刻，有的人帮助过你，有的人温暖过你，有的人救过你，有的人伤害过你，有的人让你非常痛苦，有的人是你爱的，有的人是你恨的。

所有这些，构成了我的写作。

当了母亲才真正知道母亲，后悔母亲在世时没有更多的时间与她在一起。

母亲说过，温柔而暴烈，是女子远行之必要。一个女人如果光有温柔无法成器，暴烈让人有凶猛的一面，有冲劲、斗劲，敢碰撞，如果这两者兼有，就可以在这世界上存活下来。她对我们家每一个女孩子都是这样说的，体现在我母亲身上也是，她自己也是这样一个人。女人可以柔得像水，水能够克刚，但光有水是不够的。

作家的基本功

当作家必须具备写实能力，还得有张力或者想象力。一个人物在生活中是魔鬼，你就真把他写成一个魔鬼？我想这是衡量好作家与坏作家的标准。如果是好作家，就会把这个魔鬼写得比较人性化，如果是二三流的作家，就真写成毫无人性的魔鬼。若心里只有看到的实景，便只能成为二三流的作家。心里能装下一个天空、一片海洋，就会成为一个了不起的作家。

古人说得好，读万卷书行万里路。博览群书才明白写书是怎么回事，走万里路见稀奇古怪的事，领略人生百态，这也是必修课。想象力是可以从书中学来的，写实就把它写得跟真的一样，写虚就天马行空。作家跟画家一样，素描功底一定要好，否则光泼颜料谁都可以当伟大的杰克逊·波洛克。日思夜想，人人都会，把梦境记下来，却难。记录某些梦，比如巫山云雨，那就更难。经常听到读者骂有些作家的书很垃圾。为什么是垃圾？因为他没经过这种职业训练。有人读了一本书就开始写。写出来，难以出版。

我二十岁前，读书一目十行，喜欢的诗和小说还能过目不忘。因为无钱购书，我就抄书。巴尔扎克的著作、雨果的《九三年》，我全部抄下来，抄着抄着，便以为这都是自己写的，自信来了，下笔就写。

但并不是每个人都给我抄书的时间，所以我边读边记在脑子里，这是一种训练，久而久之，我的记忆力增强，仿佛看一页，这一页就印下了。

我对细节很敏锐，尤其是嗅觉，吃过一顿饭，我会记得在哪个城市哪条街上，吃饭的人，哪几样菜，味道犹新。我经过一条街，会记得那条街上有几盏灯，有几个漂亮的商店，还有橱窗里的装饰。好像我的脑袋是一台复印机。

我书写与自己相关的直接经验或间接经验，最适合用诗歌来表现，可把它读成散文，也可用讲故事的小说来呈现。

借
鉴

我会从一个毫不出名的诗人的一首诗歌学到东西，也会从冯梦龙的短篇小说里领会小说技巧，我也会把早年喜欢的作品重读，仔细分析一个作家的所有作品。比如卡尔维诺的不同风格的作品，哪些作品诗意浓，哪些作品故事性强，为何如此，他想表达什么。他的《意大利民间故事》，将丰富的想象与非凡的捕捉人之梦境和幻想的写作能力结合在一起，征服了我的心，也征服了我女儿幼小的心，一直是我的最爱。

写作其实是孤独的事情，当我写不下去时，就去翻保罗·奥斯特的书，他的书里主角往往是作家。我发现别的作家也有写作障碍。心情变好，可以继续伏案写。

写不下去时，我也会看中国古人的笔记小说，像冯梦龙的《情史》，短短一个个故事，讲得像一首首诗。有些作家写东西不知道在表达些什么，忽视讲故事的基本功，洋洋几十万字东拉西扯，浪费读者时间。

在少女时期，我有一个特殊才能，看书过目不忘，尤其记数字，天赋很好，我看一部很厚的小说，几乎能背得它所有对话。但高考时我作文不及格，因为我不按照常规写作。

学习优秀的作品，获得其经验或者技巧。每个作家都有这样一种梦想，要做到大俗大雅。有的人走很雅的路子，有的人走很俗的路子，这两者怎么结合在一起？对每个作家来说，在开始写作时都对自己有一个定位，谁不想做到大俗大雅，用一个人们能接受的瓶子来装最深刻的思想？

方言

《好儿女花》和《饥饿的女儿》里面都有大量的重庆方言，2020年写的长篇《月光武士》也基本上是用方言写的。我在写重庆下层人的时候比较喜欢用方言，这种方言带有地方色彩，也能表现出人物的性格和精神面貌，一个人的语言最能反映他的内心。我希望小说有张力，有音乐一般的节奏和韵律，这和我的诗人身份相关。

原生态写作

　　我写作没有顾忌，从出生到成长的过程中，我是被现实社会强烈抨击的，我有很强的反弹性，对这个世界的反应，是无所谓。我的生命，非正常成长，我离家出走、写作或是发表作品，都不按既定的方式做。我喜欢跟有情有义、有不同思想的人在一起。那时杂志社、报社里也有人欣赏地下诗人、地下小说家。第一个发表我诗歌的是阎家鑫，她是很有才华的女诗人，碰巧在一家杂志社编诗歌，她特别喜欢我的诗歌。我很幸运，找到我的同路人，在一开始写作时就没有顾忌，胆子特别大，也不在乎什么地域和传统的框子，这其实是一种原生态的写作方式，不会被现实社会诱惑，也不会为讨好某一流派或进行命题写作。这是我一直保留下来的，并不是到了英国才有了这样的眼光。

我关心的群体，实际上是和我的生活相关的。对应到写作中，是"三有"：第一是有生命力，第二是有挑战，第三是有冒险。就像我写两本自传，不解的人会认为我在揭家丑，但懂得的人会认为我在原生态写作，如评论家李洁非所说："《饥饿的女儿》属于中国，属于地地道道的二十世纪六十年代出生的一代人，特别是它所表现的那种几乎是不可重复的生命的生长方式，令我一望即感亲切。"

写情色的艺术

《楞严经》中的句子:"汝爱我心,我怜汝色,以是因缘,经百千劫,常在缠缚。"

这是我的情色观。

写性爱,男人要大胆,女人要不顾廉耻,这种看法已落后。我们的社会已成熟。禁忌压着,就会有不正常的好奇,这禁忌,只能对不满十八岁的青少年暂时压一下,恐怕也压不住。

现在不是性爱能不能写、敢不敢写的问题,而是性爱写得好不好、写得美不美、艺术不艺术的问题。好的性爱书写不能简单化、公式化。性爱是我们生活中最会卷入无数关系的问题,文化问题、阶级问题、种族问题,等等。性爱其实麻烦无穷,往往以最简单的男女相悦开始,却以最复杂的方式也收不了场。正因为这样，性爱才成为我写作中的重要主题之一——写出性爱的文化意义，使人灵魂升华，更能使人的缺点恶性爆发。

在这一题材上，当然女作家比男作家强，正如在生活中，男人一看见麻烦，掉头就走。女人面对感情纠纷，想得多，苦恼也多，牺牲者大多是女人。

低头是为了昂头，

雨水已下了一个月，

也许更久，久到时间都生出霉点，

但我经过你，

那一瞬间，我知道一生的努力就是为

了带走你。

上床了，很难一劳永逸

中西文化冲突与调节的困难，哪怕情人之间，最后都难以沟通。

奇怪的是，有些作家写异族爱情，除了上床，除了"湿了"，毫无新意。这太奇怪。我不是又在指责别的作家。如果异族男女之间，只有享受，毫无难题，无须反思，这还算文学吗？这比言情小说还要没头脑。

上床了，很难一劳永逸。

作为诗人

开始写作时，我是一个诗人，此后从未中断诗歌的创作。

诗歌是文学的最高境界。一个诗人，他写小说，语言会有张力，可能是很好的小说。一个小说家不写诗，他的小说，在我心里会打一个折扣。

为什么呢？

小说的结构和故事，虽与诗不一样，但最后得用语言来实现，语言是关键。一个诗人，语言有最好的质地。

在中国做诗人，其实是很难的。

"文革"后，诗歌非常受人敬仰。如果你是一个诗人，在任何地方都能受到欢迎，可以搭车，可以随便住在陌生人家，可以因为诗歌找到朋友。

八十年代时我是靠诗歌生存下来的，发表一首诗歌，稿费就可以维持一个月的生活。

现在如果说你是一个诗人，肯定被很多人瞧不起。诗人无法靠发表诗生存。在英国也是这样，在那儿我经常碰见一些人，彼此问对方是做什么的。如果说是写小说的，对方会问你写什么类型的小说，如果不是畅销的，对方会看不起你；如果说是诗人，在对方眼里你就是一个穷人。诗人就是穷人。

当下的中国也是这样。尽管如此，我们还是有大量的诗人涌现并存在，永不放弃诗歌。诗歌有它顽强存在的力量和永恒性，让读者一下子就会热血沸腾。我自己经常会把诗的语言放在小说里面。对我来说，诗歌就像我的血肉，小说只是我的外在而已。小说不能填充心里的空白，只有诗。诗将我悬挂在天空，看这悲惨世界，通过小说的形式讲述出来。

诗人的勇气

诗人难生存，没有听者，不能出版，不能畅销，更难养活自己和家人。

好在伤害，我喜欢这个词，伤害会让我重新审视自己的生活，没有比做一个诗人更能让自己变得无所畏惧的了。

这个时代比以往任何一个时代都更需要真正的诗人，诗言志，言出人性的心音，会让人冰冻的心消融，而产生回响。

写小说，可以靠稿费生存，可以让我专心其中，不在自身的痛苦中沉沦，因为写长篇太辛苦，绷紧一根弦，坚持到最后一个字。写诗歌，是调节我的神经和身心，把那些可怕的、直接的经验和对这个世界的失望转为隐喻。

　　我本质上是一个诗人，小说里有诗意，诗歌里有不同的人生，这么陌生，这么不可思议，出现在我的思想里，主宰了我。像与火车背道而驰，直接相撞，或是像一股狂风、不停止的雷电暴雨。

写诗是本能

我的内心非常柔软非常诗性，当我回忆起那些与死亡相关的，或是一些精神上的死亡、一些很震撼的事件时，我本能地会用诗的语言表达。

有些人写诗是拿起一本诗集就照着写。我写诗时，来自心里的感觉和想象，根本不需要别人的书。我整个人被一种无形的力量操纵，我只是记录。当我过几日再来看这些诗，会惊异，这是我写的吗？

这些天，我看外面的道路，阴暗湿润，我脑子里一直在跳跃着一些句子。天色太晚，脚步太轻，一些手指在弹奏，那道光，在出现，要进入我。如同酒醉之人。

我看远处的泰晤士河，今天没有一个孤独的灵魂漂流在上面，但愿！

　　诗歌对我而言，就是黑暗世界里的一束光。如果非要给我自己一个说法或是称号，那便是，我是一个诗人，一个游离者，一个中国人。

为
姐
妹
写
诗

"我们姐妹死前都把美丽的嘴张开，吐出一个个男人。"

喜欢这句诗的人非常多，问的人也非常多。

我的每一首诗都是自传，这首诗当然是写我自己的生活，写我姐姐们的前生后世。我们女人与男人一起组成这个世界，可为什么男人总是主体，我们是附属品和弱势者？

毛尖说我的诗，是一个女人与一个国家的关系："这个以洛可可风格浮现在人间的虹影，其实只是她的面纱，犹如山鲁佐德的故事，活命只是其最小的功能。一千零一个故事，救下的不仅是山鲁佐德自己，以及这个国家的无数少女，更重要的是，它们改变了操纵这个国家命运的山努亚。这个，才是山鲁佐德的最大功能。以爱的格式，《天方夜谭》本质上讲述的是一个女人和一个国家的关系。而我，把虹影的诗集《我也叫萨朗波》看成，'我也叫山鲁佐德'。"

我每个时期的诗歌，好比镜子，有的镜子你可看到天空，有的镜子你可看到河流，有的镜子，呈现的是一个吊在空中、处于虚无吞没之前的现代女子，她白衣黑衣，或是别的装束，都不重要，重要的是她的内心，她把内心的秘密和疼，满怀信任地交给你们。谁能否认，生活在这样的时代，我们的心一直被伪装，一直痛。

回
忆
录

　　通常人在很年轻时写自传会被人骂。但在西方，不到晚年写回忆录，或者是自传体的小说，并不稀罕。政治家上台下台写，百万富翁炫富写，明星炫技写。名人写了有人出版，无名人写了没人读。

　　我在三十五岁时写《饥饿的女儿》，很多人对我有看法，有成见，有来自社会的，也有来自朋友和家庭的，认为我在揭家丑，不道德。2000年这本书在中国出版时，很多记者都问是不是百分之百的自传。2009年它的续篇《好儿女花》出版时，也遇到这样的问题。他们对真实性好奇到病态，从而忘掉了这本书存在的意义。作家承认的百分比率，会有很多缘由，大都因为作家要保护自己和他人。

　　这两本书，你可以当作小说读，我呢，是把它们当成非虚构来写的。我只是真实地呈现那些苦难的意识和记忆，并不把情绪和观点强加给读者，也没有某些人说的文字复仇情绪，相反，是坚持一种独立清醒的立场，对亲人和朋友，我主张宽容和理解。

饥饿中的母亲们

1989年后，我流寓在上海，1991年到英国，沉入这个岛屿国家，却是一派迷茫。那是个多雨时节，狂风大作，伞都难撑直，我看不到前景，也看不到来路。在这样的异域他乡，人会疯狂，去考问灵魂，考问我身处的世界的真实面相。

写了两部长篇后，我决定写跟自己生活相关的《饥饿的女儿》。快写完这书时，我回重庆与父母住了一段时间。那时父亲双眼已盲，母亲退休在家，一天她去江对岸的单位领退休工资，当晚一身疲惫地回来，却说没有领到工资。单位已失信很多次，这些人辛苦一辈子，靠微薄的一点工资维持生计，没办法，只能在单位门前静坐。母亲加入了他们的行列。

我听了，无法平静。失信与欺瞒一再发生，尤其是对毫无话语权利的平民百姓，母亲他们，这些上了年纪的人，只有用静坐来表示内心的怒火。

　　写作的目的是什么？为了讲述真相，为了不迎合时宜、保持人的尊严，为了人内心那最宝贵的情感、一生中最珍贵的记忆。记得当天我把书稿从头到尾看了一遍，添加了那最有力的字句和段落，我写到我五岁时在雨中的江岸去找母亲回来救被缆车压伤腿的五哥，江水汹涌，闪电轰鸣，照亮饥饿中的母亲们的脸，我用文字把她们的形象保留下来。

　　这些母亲，就是一群没有书写能力的人，也没有机会发出自己的声音。《饥饿的女儿》首先在台湾出版，哈佛大学教授王德威说过一句话，让我感叹不已。他说鲁迅写祥林嫂是因为要替祥林嫂发出声音，虹影写《饥饿的女儿》就是要为她母亲那样的女性发出声音。

　　下层女性生存的黑暗、精神的孤独，被我们的历史遗忘，每当我拿起笔来，我看见她们。

真实与虚构

生活中的真实故事，有多少可以用来抒写，有多少可以裁掉，有多少可以虚构？作家不能止于记载有过的生活、令人痛心不已的往事，要触及内心深处那座孤独的冰山。这看似简单，却在考验作家的写作技能和选择的思想立场。

我写《饥饿的女儿》，可以写几百万字，把有过的生活真实地记录下来，但我在大脑里进行了大浪淘沙，我也运用了虚构：我想象我待在母亲的子宫，一遍遍听到她的哭泣，并饱尝她的泪水。这种想象，给我力量，让我在成稿后再次下手，砍掉枝蔓，使《饥饿的女儿》这棵树于时间的风暴中更坚韧。

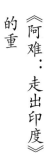

《阿难：走出印度》的重

中国经济起飞了，人民富起来了，一部分人成了资本家。这好不好？当然好。人民物质生活变得富裕，一部分城里人已经过上了西方发达国家式的生活，当然是大好事。这点必须肯定。

但是任何事情都有其副作用——没有副作用的药物不存在，何况是全社会商业化这样的猛剂。要消除副作用，首先当然是改写富之"道"："君子爱财，取之有道。""道"即职业道德，资本家也得有职业道德，至少有名牌意识。现在没有。

我的小说《阿难：走出印度》写了一个与之相关

的流浪的故事。解脱贪婪仇恨的办法，似乎是回向流浪的纯净。

《阿难》与其他书不同，一直存在于我的灵魂深处，看似一本言情甚至惨情小说，实际上是问题小说——涉及当今社会现实，涉及我们的灵魂如何安置的问题。

我用人的命运来设置我的问题，用生和死、死生契阔、悲欢离合。故事不只是让人哭泣、感动，更让人惶惑。

对这个世界和大得不能再大的国家，我惧怕。我的惧怕，放在了诗里面，放在了我的小说主人公心里，写完后我觉得自己好轻，轻得可以飘起来，真喜欢那种时刻。看到写下的主人公，他们那么重，我有些不忍，但是没有办法，不想改他们的命运。

《好儿女花》

　　《好儿女花》是《饥饿的女儿》的续集，这种花的花语是"别碰我"，但当时取书名时没有考虑这一点。用这个书名是自然而然的，第一是我母亲喜欢这种花，第二是我母亲的小名叫小桃红。小桃红也叫指甲花、凤仙花。这花名据说还有一个禁忌：宋朝皇宫因为皇后名字有一个"凤"字，不让叫凤仙花，看此花像一对儿女依偎在母亲身边，就叫好儿女花。我觉得这个花名做书名太好了，如果说这个花的花语是"别碰我"，也很有意义——不管母亲外表被人玷污得多么不堪入目，她内心一片洁白。

　　这花栽到任何地方都可以活。"别碰我"，有一种"我就是这个样子，你别阻止我，你做任何事情都没有用"的意思。它已经受到了伤害，碰得头破血流，但还是保持自己的鲜美。

生命总要受到各种伤害，在各种触碰和伤害中成为了"这一个"，成为独特的个体。可以说这是一种"卑微"的花，代表那个卑微却有旺盛生命力的群体。

边缘人物

我执着地写边缘人物。我不会从边缘走向中心，因为到了那儿，就无回头路可走了。

我能呼吸到边缘的气息，听懂边缘人的声音。他们很微小，很无辜，凭着直觉而不是遵循世俗和传统地生活。边缘人，都有点扭曲，不太常人化，多易受伤，敏感，性格有些过分执拗。

但他们这样是谁造成的？是非边缘的一切挤压的结果。

政治与作家

　　政治对很多作家而言是一个禁忌。很多作家在写作过程中，考虑题材和故事时，陷入尴尬，担心踩着地雷，对它敬而远之。我会选择做自己想做的、认为是正确的事情，至于出版环节，我不可能完全控制。也许有人认为，你这么写，是因为在西方生活过，你的思想就是和我们不一样，没有写作的限制。其实不然，像我这样的人，即使一直在中国，也不会跟随潮流和拟定的规范来写作。

　　有无写作的枷锁，敢不敢深入历史中，作品完全不同，深度也不一样。哪怕他才华横溢，写得天马行空、洋洋洒洒，写出前卫作品来，但不碰苦难意识，作品也是轻的。在东德和西德，在柏林墙倒塌之前，因为社会体制不同，在东德产生了好多优秀作家，在那样的压制环境中，作家会有爆发力，产生好作品。中国年轻一代作家，我希望有一天他们能去挖"祖坟"，那样的话，他们一定能写出与之前不一样的作品来。这是个多变的世界，今天如此，明天就会是另一种状况，必会有腾空而起的天才出现。

西方编辑和中国编辑

　　西方的出版社编辑会提出具体修改意见，在中国少有编辑，提出修改意见，最多只是校错别字，或是审查问题。鲁迅那个时代，编辑几乎都是学识好有见解的人，现在编辑不如作者水平高。当然，现在许多作家没有谦卑自省的心态，他觉得他的作品一字不必改，是绝世作品。

小说的本质

　　小说就是讲流言，用更安全的方式、更文明的渠道、更优美的语言。我们从小说中听流言。我们的时间太短暂，人生经验太有限，我们不是冒险家，不是探险者，不是闯祸包，也不是亡命徒，我们循规蹈矩地活着，生活是如此正常，如此重复而无聊。

　　流言扩展了我们自身可怜的经验范围，知道了一些别人的生活，超越了简单寻常的经验重复，体验了不为我们而设置的生活。小说的主人公敢做的事，我们不敢；小说的主人公差不多是我们无法接触到的边缘人：妓女、生活苦闷的富翁或半人半仙的酒鬼。

　　能否认为读小说本身就是偷听？有个叙述者在讲故事，讲自己或别人的故事，此人并不是讲给我们听的，此人只是为了自己，甚至为了特殊的目的。

　　我们偷听到这一段又一段流言，假定作家偷听到叙述者的流言，叙述者则是被自己的流言构筑出来的人物，那么小说就是对流言的双重抽象。读小说，使我们对流言可鄙的好奇心升华，我们心安理得，显得自然而然。

三十年河东河西

今天和三十年前不一样，三十年前作家在台上，台下有很多的听众；现在作家在台上，台下每个人都不要倾听，而是要到台上来。现在其实没有听众，每个人都是作家。舞台对大家都是开放的，我们有微博，我们有各种平台，收费免费的小说连载，各种各样让自己上台的机会。

人无完人，艺术无止境，你的努力，你的清醒，都是你向上迈进的台阶，山峰顶上只属于真正的强者。

E

生活道场

世界不是那么坏的

上小学前，我被送到忠县，那是我人生很大的一个伤疤，如果我妈妈没有想起重新把我弄回重庆，那我就成了一个农村妇女。很多年我都做同样的梦，梦到自己在这个乡村的田坎和山坡上乱走、奔跑，没人管我，等于一个野孩子，我不知道去哪儿。那时候我那么小，想想，一个失去母亲的孩子，对未来一片恐慌，她的心再坚强也会受伤、疼痛。但是命运对我很关心，在我觉得没有希望时，那里的人对我那么好（但再好都不如母亲的坏，真想母亲呀），他们让我的内心得到安抚，正是这种安抚让我日后对别人宽容，对这个世界抱有希望，让我的内心世界不被黑暗灌满，一直有亮光。这里的老百姓跟我沾点亲，但之前完全不认识，他们知道我的背景，但还是对我那么好，让我知道，这世界不是那么坏的，有美好的东西。

生而不平等

人是生而不平等的，在母亲的肚子里就已经不平等了。比如生在一个高干家庭里，跟生在最下层的贫民家庭，非常不平等。

但从另外一个角度去看问题，机会呢，其实也可以说是人人平等，往往那些出生在很好家庭的人没有抓住机会，成为碌碌无为的人。相反，一些大文豪、大画家，甚至大富商、政治家，也许生长在最贫寒的下层，但是他努力学习，抓住了机会，克服了比别的人多几倍的困境，勇敢地抗争命运，当其被社会挤压到极致，一种内在的张力最后爆发，他所有的才华和才干便都表现出来了。如此说来，也可以说是平等的。

福
气

谈到福气，当然得自己安慰自己。写作是最孤独的工作，对于选择写作的任何一个人，我都尊重。

其实我最喜欢的生活方式是这样：

我根本不跟任何人接触。如果我可以不出去买东西，不需要去见谁，所有东西都给我运到书房来，菜也运到这里来，米也运到这里来，我一直在书桌前，我情愿生活在这样的地下室或阁楼里。

当我写作时，我不需要与别人交往，不需要与别人说话，我与书中的人说的话已经持续了将近半个世纪，该停止了，我渴望好好睡一觉。此时，就该让我的小说主人翁出场了。写一个新生命，我感到生命重新开始。

教育

在这个社会，你的学校、你的父母都会给你灌输各种各样的思想。在教育你时，他们经常会说：我们要你做一个好人。我上小学时，接受的是共产主义的教育，每个孩子争做一个共产主义接班人。可悲的是，我要做什么样的人，要接受什么思想，像我的父母，根本不管。母亲说：你别受什么教育，别想上大学，你做一个普通人，嫁个人，日子简单，也容易得到幸福。

像一些邻居，他们说：你本来就是一个私生子，你母亲是一个坏女人，你以后也必然是一个坏女人，在我眼里不管你做了什么，你都改不了，你不会有什么大出息。他们的思想和行为，已把你固定成一类人。

我的哥哥姐姐说：我们在社会上所受到的不公平

待遇都是因为你，你的存在给我们带来了耻辱和麻烦，我们不被推荐上大学，我们参不了军，我们下乡当知青也是分到最差的地方，我们也不能回城，都要自己想办法，都是因为你这样的人的存在。

他们把这种思想灌输给我，实际上也是一种教育。以至于我从小认为自己是一个多余的人，一个让家人受苦的人，我是一个罪人。

在我们成长的过程中，无意之中会接受到一千种一万种教育。你碰到一个陌生人，陌生人看到你的某种行为，对你训斥一通。人人都顺着大石阶走，你非要走陡峭的小路，很快到达山顶，领队指责你：知道吗？你影响了我们爬山，大家都注意你，放慢了脚步。再说，你擅自离队，你这种人不能得到信任！在一些公众场合，你也会受到教育。

经常看到父母在公共场合打小孩，小孩哭叫不停，大人边打边骂。这样也是一种教育。如果我母亲这样打我，我会很高兴，可她连打都不打！她不注意，也不在乎我，我就像别人的孩子。童年的我，想得到母亲的爱，哪怕她打我，我也觉得是多么地幸福。因为母亲不那样做，我的心受了伤，很小就学会思索并用心去感受这个世界，得益匪浅。

所有的教育归纳起来，到最后是自我教育。那些从外面涌来的教育之波，把你冲到大海深处，你看清身处何地，学会生存之道，学会浮出水面，学会靠岸和冲向云端，最后还是靠你自己。在长大的过程中，你成熟，悟到人生的意义。你存在于这个世界的价值，还是要靠自己。

正规教育

我认为有两种教育，一种是理论，一种就是故事。而民间一般是采用故事。生长于农村与贫民窟的作家，其实接受的是民间教育，民间教育来自说唱文本、故事、巫术……这种东西会更强有力地把一个未曾受过科班教育的人培育成一个作家。很多有"文革"成长背景的作家就是这样。

我所受的正规教育不完整，唯一接受的正规教育是插入复旦大学中文系三年级到四年级的两年。我高考差几分，其实不是我成绩不好，而是我对正规教育有抵触。我写作文按照自己的想法写，我的思想不够正统，肯定得不了高分，必会受到惩罚。若我考上了大学，也会成为小说家，但写作风格会不同。

我所有的写作技巧和知识，都是靠自己从书本里学习得到的。我只有靠自己，所以非常用功和刻苦。当我成为作家之后，才到复旦大学，它给我提供了一个安静的读书环境，我充分利用学校的图书馆，在那儿读了很多地方帮派史、妓女史，查了很多旧上海史料。当时并不知道要写什么，只觉得我在上海就要了解它。后来我到了西方，读了大量的西方作品，知道写小说可以像布劳提根的《在美国钓鳟鱼》那样无章法而怪诞。

自己解决

一种东西消亡时，会最深刻地触动我们，比如精神上的死亡。我从中悟出的真谛是，这个世界上所有的问题，最后都是自己解决，自己付出代价。

控制自己是一门生活的艺术，有音乐的节奏，便能有张力。

人活在世上，就是孤独。孤独时痛苦被放大。我需要孤独，有时又怕它，常常深陷其中，不可自拔。我精神比较健康，总想着事情好的一面。天性这样，再多的苦难都压不倒。大体上荣辱不惊，可我碰到什么事情还是会惊一下，喜一下，保持了天真烂漫的性格，这是很难的，我想是天性的缘故。如果我不顽强，就写不到现在了。如果我不与生活较真，那我也写不到今天了。

抑
郁
症

有抑郁症的人，常常是思考的人。一个思想者可
以游走多远？没有界限。"雌雄同体"的英国女作家
弗吉尼亚·伍尔芙，从十二岁开始，抑郁和紧张，她
这种精神疾病伴有生理头痛、间歇性的幻听。1941年
3月28日，她终于走进离家不远的河里。

我很难高兴起来，写作时更是处于这种状态，
写《饥饿的女儿》时我回到从前，严重时，想吃药
结束生命。白色的救护车像一个特殊的空间，装进
我，出院后，按英国医生规定，我看了好长一段时
间心理医生，一直到我写《K-英国情人》。我有一个
好朋友，她也是作家，她抑郁症发时，牙齿会痛，
她经常在长途电话里和我一边哭一边说自己的童年。

治疗抑郁症的方式是让自己忙起来，我曾编辑海

外文学三大卷，写信联系散在全球的中文作家，编辑他们的作品到国内出版。责任编辑周岩有想法，看上去热情、快乐，人也长得标致，是那种人见人爱的小伙子，在他的帮助下，这套书顺利出版。没想到2010年的一天，一个朋友告诉我，周岩走了，我大吃一惊，一问是他有抑郁症，好像是跳楼。他写的一本书《百年梦幻：中国近代知识分子的心灵历程》在他离开后三年出版。

障
碍

　　我存活在这个世界上，比别的人更多地遇到障
碍，我写作的才华和想象力，都是那些障碍造成的。
一是写作上的障碍，是作家就会经历，我经常像热锅
上的蚂蚁，对米饭不知从何下手。二是来自外界的障
碍，比如作品写好了，可是遭到了批评，甚至无法发
表。这时你要坚强，你可以放一段时间，再写别的。
或就让自己承受这种被抛弃的局面。我曾有十年在国
外，一个汉语作家，没能生活在本土，面临吃饭穿衣
租房生病等具体的生存问题，本土作家解决这些问题
要方便得多，哪怕三亲六戚靠不了，也可找朋友，借
借钱便把难关渡过了，一句话，那是自己的国家。海
外作家除了须面对这些存活问题，还得对异域文化采
取非敌视的态度，还必须自我乐观，调整好心态，进
入自由写作状态。托马斯·曼字字句句计较德文书的

出版，而对其他文版本不在乎。我以前想有很多外文版书出版，现在想法不一样，现在更在意中国出版。顾城最终未能逃过失去读者的孤独的追击，在新西兰嬉皮士般居于貌似自由的小岛上，与他自己构筑的童话自由擦肩而过。他的写作到了组诗《鬼进城》中张狂而挥洒自如，但也得借《英儿》人为地安排一种发泄，故并未进入真正的自由写作。

如何与孩子相处

我是未婚生子，但我和母亲还是不一样的。我的情况比母亲好很多，我没有经济方面的担忧，和外界、家人的矛盾问题也少很多。我在2009年一次读者见面会上谈到这个问题。母亲是在1962年，面对比我严酷得多的困难险阻，独自承担一个会向她压倒下来的天地。母亲比我勇敢，比我无畏。

对孩子来说，最重要的是生长在一个温暖有爱的环境里面。这种情感超过了书籍，胜过了经验或教训。这样的一个孩子，心很正，正能压邪。

我在2016年创造了一个女孩"米米朵拉"的形象，她有母亲特别多的爱，这才能让她善待这个世界，不提防，才可能让她在一个陌生的环境里去相信任何一个人，去帮助任何一个需要她帮助的人。她穿行于古印度，在一个被魔咒控制的王国里处处逢凶化吉，因为她是一个具有爱心正能量的孩子。

感谢上天让我有了孩子，让我体会到当母亲的滋味，这让我想起来我跟母亲之间的关系。在我母亲生前，我跟她之间隔着一道墙。我有了孩子后，一定不会那样对待孩子，一定要和孩子沟通，让我们的心灵相知。所以我写了给孩子的书，想通过故事更靠近孩子的心。

我经常跟孩子在地上一起打滚，我们一起做游戏，我们同读一本书。只要我在家，每天都尽可能陪伴她，给她读睡前书，开拓她的想象力。

在陪伴她的过程中，我自己的想象力也被开拓了，而且我发现，跟她在一起时我特别爱笑，也特别爱幽默。我喜欢给她编歌，给她唱。比如在《米米朵拉》这本书里面我就编了很多歌，都是我跟她一起唱的。我给她写了五本"神奇少年桑桑"和一本《米米朵拉》，她便长大了。

天才故事家

在很小的时候，我就在想，是不是有很多世界和我们身处的世界并行？在那些世界里，小孩子没有父母，他们能不能存活下来？

这个问题我没有想透，自然也没有答案。有了女儿后，当她问我这个问题时，我想有必要给像她一样的孩子留下神奇的、具有幻想性的故事，拓展他们的心，伸向更远处。我开始对着窗外运河给她讲一个十岁的小女孩米米朵拉与母亲走失、寻找母亲的故事。米米朵拉要面对各种各样的选择，孩子在一次次的选择和奇遇当中了解和面对这个世界，他们是这样长大的。散步的时候看到花开了，可以跟孩子说，有一个仙子住在这朵花里面，由孩子把故事继续讲下去。作为一个母亲，不需要特别有想象力，你只是把一个想法告诉孩子，每一个孩子都是天才的幻想家、故事家，可以用想象完成这个故事。

小说家没办法复制生活，因为生活比小说更像小说。生活超出小说，生活导演生活，悲喜剧视一个人的运气而论，老天眷顾你，往往这个人最后有好结局，相反，结局惨淡。

童年的内核

一个人的童年，就是一个人的历史内核，通过童年我们开始认识这个世界。我是一个典型的例证，所有的童年经验和情感都成为我写作的营养。

在小时候，就听说还有其他的世界，我想，是不是比我们这个世界更好呢？人在受苦的时候，据说神可以帮助他们，那神真的存在吗？还有，鬼城真的存在吗？冥界真的存在吗？这些都是我小时候的迷惑。

那些关于金竹寺的传说中，在两江的汇合处，江水下有一座金色的寺庙，里面住着神仙一样的住持和尚，他们真的存在吗？我一直想走到那下面去。现在，我通过我的小说走下去，通过写这个故事来找一种入口，通向另外一个世界。

　　我把我所有童年的梦想，我的希望、疑问，对这个世界最初的看法，都写到了故事里。

越是危险
越会受诱惑

我写的小女孩米米朵拉，和她的母亲失散了。她在现实世界里找不到母亲，于是听从了一条她放生的鱼——娃娃鱼的引导，到冥界去，到河神的宫殿去找一个宝物，那个宝物能够救死扶伤，但只能用一次。她在冥界看到了木偶戏，演的是狼外婆和小女孩，小女孩说狼外婆要吃她，狼外婆却说：我要吃你太容易了，想吃早就吃了，我是觉得你们人间的孩子太孤独了，我是来陪你们玩的。

这颠覆了过往所有狼外婆的形象。我想告诉孩子，狼外婆可能百分之九十九是坏的，要吃孩子，但可能有一个是好的，所以不能把这一个好的也当成是坏的。我想跟孩子说要有一种善待之心。

有一个绘本故事，讲一个孩子邀请一只老虎来喝下午茶。很多故事都说老虎很可怕，老虎都是吃孩子的，可是这个孩子和他的母亲听到老虎来敲门时，真的请它进来吃了下午茶，什么不好的事都没发生。我们要跟孩子说，我们可以跟陌生人打交道，不是百分之百的陌生人都是坏人，总有那么一个好人。

所以米米朵拉对人是相信，是同情，可以无偿地帮助他人，哪怕是付出自己的生命。这样的一个形象，对现在的孩子来说是非常不一般的。

少
儿
读
物

　　目前中国儿童作家的作品，像曹文轩的《草房子》很不错，其他作家的一些作品，我认为大多数是主题先行，强制性地把一种观念或者一种思想告诉给孩子。有很多学校灌输给孩子的还是我们几十年前接受的教育思想。我从1969年上小学，到1979年高中毕业，我们的作文一定要抄报纸，一定要跟着语文书里面的思想，不能写太个人的感受。高考时我作文不及格，因为我不按照常规写作。现在中国很多学校也是这样的，你如果别开生面地写一篇文章，得分肯定特别低，甚至不及格。这影响了孩子，也影响了他们的父母。孩子写作文的时候，绝对不敢开动想象力。这种教育对中国最大的损害是，一代代的人被限制了想象力，自由的心灵被捆绑。

　　家长们为什么喜欢选择西方的儿童书？因为它们让孩子释放天性和想象力。为什么我们有些孩子会乱叫？他们尖叫，他们烦躁，他们哭，因为没有好的故事充满他们的内心。人们给他们的只有这种强制性的、千篇一律的桎梏，没有向他们呈现头顶的天空、远处的海洋，没有给他们特别舒展的、可以翱翔的环境。孩子应该像《尼尔斯骑鹅旅行记》那样骑鹅旅行，带上《西游记》飞越时空，进入这样一种自由状态。

　　父母对孩子的期望很多很多，都希望孩子成为父母想象的那种人。但是孩子在每一个阶段都有自己的想法，有自己的幻想。在我自己的成长过程中，母亲对我是放养的状态，从不对我的内心过多地讲什么。只是有一次，发现我想成为一个作家，她说我成为一个厨师更好。当时当作家是很危险的，母亲当时的神情像是惊弓之鸟。

　　因为我有这种经历，我便对孩子说：你想成为什么人就成为什么人，但是有一点，你不能够在手机和电脑上玩游戏，这是我最起码的要求；而且我希望你快乐，不要遇到什么事情就哭，哭解决不了问题，这是第二点；第三点，我希望你是一个不仅仅只关注你自己的人。

《树叶》

这片树叶是马岱姝用七百多个小时，画了六百多幅画来讲述的，这本同名无字书，在黑暗之处闪着光亮。它一直在那儿，等着我发现。

我想起美国画家萨金特的《康乃馨、百合与玫瑰花》来，两个孩子在花丛中点灯笼，那暖暖的橘光，驱赶着逼近的黑暗。还有澳大利亚画家陈志勇的绘本《抵达》和《失物招领》中的超现实主义风格，我曾一度迷失在他的世界里，连晚上做梦都有飞舞在屋顶的黑龙和站在港湾里的巨鸟，他的主人翁喜欢说一句话："这是别的国家都没有的啰！"我讲给女儿听，好几个星期，她不管对人说什么，都要加这一句话。

这的确是别的国家都没有的，我们每天得面对浓浓的黑烟和污染，将会和树叶一起消失在巨大的机器之中，生命何其弱小无能。但愿那片温暖的树叶留下来，在我们的记忆中永存。

磨
难

　　人都不情愿承受磨难，都愿意走一条特别容易走的路，但每个人的成长中都要经历这样那样不同的磨难。

　　这个世界对每一个人来说，尤其对孩子来说，是生来不平等的，在成长的过程当中就更不平等。有一些父母把孩子照顾得特别温暖、特别舒服，留有大量的钱，房子也有，未来也安排了。这个孩子看起来一生是特别容易幸福的。然而我觉得这只是表面，孩子长大的过程中一定会有内心的困惑或挣扎，总会遇到一些偶然或必然的问题，要么是学业不顺，要么是恋爱挫折，要么是婚姻不幸，总有一个考验会出现。

　　这种防不胜防是我们正常的人生。我经常说，上天给你这样东西，也会给你另一样东西。比如说给了你幸福，也会给你不幸；给了你不幸，也会给你幸运，上天总是搞平衡。所以我们在应对磨难的同时，也要提防幸福，特别快乐的时候经常会乐极生悲，要用平常心对待我们的命运或生活。

一般而言，在灾难面前有百分之九十的人会被打倒，有百分之十的人会从前辈的经验教训里得到启示。这些经验教训有一部分来自书籍，有一部分来自人们的心口相传。国外有些家庭，把还没成年的孩子送到一个集训营里，教他们生存的能力；在孩子长大的过程中，也会给他一份必读书单。这两者都做好了，即使孩子遇到了问题，比如说失恋，也不会像《少年维特之烦恼》中的维特那样子。

回顾青春

发现青春很难摸着，可以想着，梦想。当要回忆时，便涌起很多人的脸庞，好多遗憾和错误组成了青春时光。如今在不同的人群里穿梭，很像从前，在那个胡同巷子里，在那些黑灯聚会里，抱着一个人的身体，便不知明早在哪里，是又要踏上不归路？或是被命运抛到哪一条船或南北飞驰的火车上？那样荒唐而放纵，死也不后悔。现在如此说时，仍是从前所思。

爱

　　爱压在心上，会长出一棵树；爱压在头上，就会升起一群星辰。爱对濒临死亡的人，就是救命草，落入爱的网中，再也不能自拔。爱可以沉溺到五万里海底，爱也可以离地三寸，如风似影，飘荡不息，爱不着生活烟火。

　　爱是你爱的心，是空中楼台、镜中风月，是那海市霞光；为爱可以跳楼，可以上吊，可以割腕，可以喝药，可以爸妈不认，爱可以不要王位不要万贯财产；爱是一种意念，有爱便有一切。而我爱你，可以闭上眼睛，静静地等待；而我爱你，可以让你拿走我拥有的青春才华和骄傲；而我爱你，可以一生又一世，生生世世不后悔。

　　每个人，开始都会这样爱，突然有一天，爱让你醒过来，发现爱还有另外一种形式。理智的爱，高智商的爱，经营的爱，不择手段的爱，报仇似的爱，愚

蠢的爱……人有千万种，爱就有千万种。是爱便可，
爱过了，这一生就不悔。

镜子的镜子，

花朵的花朵，

迷宫的迷宫，

界线在黑夜与黎明的中间地段。

爱
情

爱情是什么？你得不到，失去后，才明白。

十八九岁，撒娇，发脾气，摔门，吵架，任性，所有女孩子都经历过。对爱情一无所知，而且一点办法都没有。爱情不是理性的，理性才能持久。

当你败得一无是处时，就懂了一部分爱情。

因为你是在一个父亲式的男人那儿溃不成军。男人毁灭你，可以再找一个男人；父亲毁灭你，你不可能再找一个父亲。

我的出身注定了父亲缺失，而我以为可以在另外的人身上找到，很荒唐。我情愿没有，也不情愿有一个假的。

我整个都错了

结婚之前有过很多次恋爱，但都非常短暂。因为在结婚之前，我真的不想结婚，我对婚姻一点兴趣都没有。那时候男朋友特别多，我根本就不相信爱情。

而且我其实是有意要做给我母亲看的，让她看到，我这个人多坏，是多坏的一个女儿。要让她心痛，要引起她的注意。那时我觉得我所有的不幸都是她带来的。其实我整个都错了。但如果换作另一个人，处于相同的境况，他也不能做什么，也会是这样。

幸
福

　　像我这样的人，从小就跟幸福隔得远，幸福与我
背道而驰，时间一久，也就习惯了。一旦彻底绝了幸
福的念头，幸福倒犯贱似的，总会找到我的头上来，
在灾难降临之际或之后，给我一点点补偿。

叛逆

每个人在成长的过程中都是叛逆的，不叛逆，不会长大，只有在一次次的叛逆中才能认识这个世界，加深对这个世界的理解。这个叛逆什么时候是对的，什么时候是错的，是根据不同的价值观来判断的。比如说在中国是一种价值观，在西方是一种价值观。可能同样一件事，在中国认为不应该，而在西方就认为这应该，例如反对父母，因为他们不是绝对正确。不叛逆的孩子难成材。

每次叛逆，都需要探索，在这个探索中总是会受到伤害，受伤害最多的当然是最弱小的人，就是孩子。我们总是会对长辈、对强者有恨的感觉，这感觉可能持续一生，到最后闭上眼睛，都不会消亡。然而这个世界的构成不是为了满足你的要求和希望，总会让你失望而终。

理
性

　　我生活的态度、写作的态度，其实充满理性。

　　因为贫穷的成长背景，我过早面对生活的真相。如果我不努力做家务，和姐姐哥哥下到江边挑沙子卖钱，就无法温饱；如果我做错一件事，会被老师处罚，一旦父母知道，就可能被取消上学的资格。等到当会计时，我要求自己做一个好会计，天天上班，否则工资被扣，怎么养家糊口？以后成为自由撰稿人，那更是伏案写字，别人在吃喝玩乐，我在挑灯夜战。我没法浪漫，即使做梦也没看一下风景或跳进海里游泳，做梦都在写作。感性只赋予写作时的我。

韧
性

你经历了比一般人多的黑暗，为何你的心没有变得破败？

我经常遇到读者问我这类问题。我走在黑暗之途，只有坚持走下去走到底，才能走出来，这是本能求生。感恩曾经的生活，那些曾经对我不善的人、刁难我的人、看不起我的人，他们带给我的经验成了我的人生财富，取之不尽，用之不竭。

友谊

高山流水，知音最难得到，古时听他琴的钟子期死了，伯牙终生破琴绝弦。三句听音，可判断是同路人否，有一见倾心的情谊，也有长久相处产生的感情，一旦结交，决不半截路，会非常珍惜，一生一世。

自己可能有时候情绪过了，会冲动，但能马上纠正自己，这就不完全像一个女性的情感，我觉得更接近于男性的做法。

我的姐姐们以前总是批评我，我待朋友胜过家人。朋友有难，我会伸手援助。如果我处于这种状态，朋友也会站在我面前。新浪微博上转载最多的是《好儿女花》中一段关于友情的话：朋友有两种，一种需要经常见面，否则连话都难接上，感情更淡漠；另一种朋友不必天天联系，三年五载甚至更长，彼此音容模糊，可一朝晤面，宛若朝夕相处。

背叛

写短篇时我会经常触及"背叛"这个主题，情人的背叛、朋友的背叛、家人的背叛，在这个世上，没有人可以绕开背叛。最先的记忆是小学同学，她是唯一对我好的人，会借书给我，也会来问我如何做作业。就算是所有同学孤立我，她和他们站在一起，也会向我眨眼睛，表示她的难过。小学毕业，我们升入初中，还是被分在一个班上。有一天我发现就是她把我记日记的事告诉了老师，让我接受全班审讯。是她站出来揭发我。

事过几十年，有一次我在重庆签名售书，以前的同学约着来见我，她也在里面，我以为我会忘记她的背叛，但是我想起来了。我对她点头，什么也没说。事后我对女儿说了这件事，当时女儿只有七岁，她居然说：妈妈，忘了，真的要忘，你才会心情好。

女儿这么小，说这样的话。我无地自容。

在八十年代，遇到一个人，感情不错，我也愿意在他所在的城市安定下来生活，可是有一天我没告诉他，乘火车到达他家，发现他的床上躺着一个前女友。我拿着旅行箱夺门而逃，路上有一个小石桥，我走过那儿，看见桥下全是血水。后来我离开那儿，坐了火车到北京，一路上想，桥下怎么是血水？不可能，那只能说明我的心疼痛到何种程度。

医治背叛最好的方式，就是离开、忘记，一个七岁的孩子说出了真理。我再也没见过这位男友，他十年前打过电话，来过邮件，诉说他内心的痛苦，但这个人早被我放入遗忘世界，这点我做到了。

成功与失败

　　周树人在成为把中国历史推上审判台的鲁迅之前，一直是个意志消沉的人，一个一无所成的人。留学日本前后七年，可以说做什么什么失败。不是不想做好，也不是没有能力做好，就是做不好，可能他认为自己命中注定是个失败者。

　　刚到东京读语言学校时还能写出"我以我血荐轩辕"这样的豪句，一辈子唯一的一句激情。到小地方仙台读医学院，成绩看来不行。据他自己说，凡是到了中等，就会有日本同学怀疑老师藤野先生让他先看了题目，可见他一直分数不高。《呐喊》那篇著名的序言中写的新闻电影，被鲁迅专家们捧为"爱国主义的觉醒"，其实那时的他感到震惊的是中国人自己的麻木，以及他自己的无助。他到东京，"弃"医而"自学"文学。从他这一段时间写的文章可以看出，他读书杂乱，漫无目标。《摩罗诗力说》《文化偏至论》被认为是尼采哲学的中国版，仔细看就明白是乱抄书，自相矛盾之处甚多。外国文学读得多而不成系统，最后还是回归国学：每星期日去章太炎的东京寓所听经学课。

面对历史，我只能说：痛苦出诗人。失败和失意紧跟着周树人，许多年，加深了他的内向、他的深沉，一直到《新青年》的钱玄同来逼稿，才突然找到喷涌的出口，于是出现了中国文化史上的一个奇迹，中国现代文学，一开始就有了一个极高的起点。没有爱情的生活，制造了对文字的爱情。但是在这个壮观的喷发之前，那是多少年不得志的忧郁？多少年找不到感情寄托的苦恼？多少年碌碌无为的颓唐？多少年与幸福背道而驰的悲怆？

周树人近四十岁时突然爆发，变成自己也没有预料到的人；我在四十岁时渐渐沉静，随遇而安，做一个努力模仿当年周树人的人。

现在，我终于敢做一个失败者。我永远站在失败者一边。

生
活
目
的

　　如同博尔赫斯在《失明》里谈到的：我总是感觉到自己的命运首先就是文学。他还说，将会有许多不好的事情和一些好的事情发生在身上。所有这一切都将变成文字，特别是那些坏事，因为幸福是不需要转变的，幸福就是其最终目的。把文学当作生命的作家，恐怕皆是如此。

　　有了女儿，一切都改变了。尘埃落地，菩萨低眉含笑。我是一个母亲，同时也是一个作家。一个母亲，她可以承受的东西是无限的，远远超越一个失败者，就像我的母亲生前一样。

离别

　　我们出生于世上，就是为了离别，通过离别，看自己和他人，以及这个世界。比如我，至今经历了多达五十三次生离死别，亲人爱人朋友之间的离别，幽深曲折。离别，不仅是现实中的生离死别，更是心灵层面的。

　　失去父母，让你一夜长大；失去情人，让你一夜成熟；失去朋友，让你一夜认清自己和他者。朱自清说一千年前的离别和一万年后的离别，人的情绪是一样的；隋炀帝说离别和性爱一样。性爱对男人最重要，女人则认为情爱更重要。离别对男女而言是命定的，在天不能做比翼鸟，在地也不能永相伴，生死就会隔开。离别后男人会另娶，女人则难，光是回忆就会持续好多年，人一下子就老了。有的女人，老了，就不想嫁人。这点好，为什么一定要嫁人？

我经历了太多离别，最心碎的是父亲离开，我当时在英国，赶不回去，因为没有买到飞机票。母亲离开，我在北京，两个半小时的距离，赶回重庆，她已走了。眼泪当时没能流下来，以后写到她时，泪水止不住。母亲没有了，我的根没有了，原来什么都可以不要，母亲不可以不要。我带着女儿到父母的墓前，女儿知道，到重庆就会去看外公外婆，他们住在山上。那条上山的小路，在她面前就是一条通向天堂的路。因为从那儿出发，可以到达霞光四溢的天上。

时
间

时间是药，可以治人。

时间是一把刀，可以把软弱的人杀死。

时间是一朵花，青春就是一瞬间，谁可抓住那些凋谢的花瓣？可是作家，一个对自己不依不饶的作家，可以将花瓣钉牢在她的文字和故事里，永垂不朽。

时间是最好的医生，会让你忘掉一些事，看清一些事。家人对我来讲最重要，没有我父母兄姐便没有我，他们成就了我走出的每一步。

每次回家，大姐都说，当作家有什么了不起，不就是一张纸一支笔，很容易的。

在大姐的眼里，一切都没有改变。过去我是谁，现在还是。

一个作家的书写，不隐不瞒，忠实记录，就是一种最好的审视。通过写作，我试图和家人和解，让自己重回过去，重温与他们一起度过的时光。我们曾经一起成长，一起痛苦，一起流泪。我们的父母都不在世了，我们更应彼此珍惜。

生日

我十八岁前很少过生日，十八岁过生日，生父从天而降，让我的世界天翻地覆。我选择逃离，只能以这种方式来面对。

有了孩子后，她对生日，如同所有幸福的孩子一样重视，我也尽可能让她这天与朋友们在一起，每回都亲自做生日佳肴，准备宴会。我没有的，希望她能拥有。现在家人也给我过生日，这样的时间我不做饭，请朋友们回忆相互之间的点滴，透过彼此，可看到生命的意义。

母亲生我，无血缘的父亲养育我，母亲的勇敢和不畏一切，父亲的善良正直，都影响着我的一生。

回视过往，无怨无悔，看清好多以前重视的东西，它们皆浮云。去没去过的奇境，世界再冷酷，我只伫立在我的山峰。

食与色

孔子说:"饮食男女,人之大欲存焉。"世间男女离不开。

有食才有色,有色才可食。如何食才能真正品到色?

《厨师、窃贼、他的妻子和她的情人》,彼得·格林纳威编剧导演的名片。剧透一下,艾尔伯特·斯毕卡和手下敲诈勒索,做尽坏事,是一个恶棍。他喜欢美食,晚上带着妻子乔治娜和手下到厨师里夏尔的餐馆吃饭。她受尽了他的折磨和殴打,对他敢怒不敢言,他毫无节制,总在饭桌上讲下流笑话,粗野无礼,话不投机就会大发雷霆。终于有一天乔治娜被邻桌一个帅气的绅士迈克尔所吸引,此后常在丈夫"眼皮下"和此人在卫生间做爱。里夏尔总是掩护他俩。

最终私情被丈夫所知，害死了迈克尔，乔治娜求里夏尔将迈克尔的尸体做成美食，持枪逼艾尔伯特吃下去。这是彼得·格林纳威最好的电影，将食欲与情欲表现得很极端，荒诞到极致。肚子饿了，又想着恶心，怎么办？赶紧看一部《浓情巧克力》，用巧克力的激情和爱，让自己的身体享受快乐，甚至尽情地做一次鱿鱼芒果芝麻菜沙拉，打开一瓶最好的红葡萄酒，放纵一下，不醉不休，如果我们在隔离之中。

女人的美

小时候很羡慕那种戴眼镜的女人，她们有知识，有学问，透露出别样的光芒。

有一回学校组织看教育片，在电影院，开映前，有一个戴着眼镜的女人从厕所走出来，有一个男孩子没看见，对撞过去，那女人的身体斜了斜，没有生气，反而伸出手去扶起男孩，然后伸直背，朝男孩一笑。那笑真美，那气度让人钦服。

好多年，我都记得那场面。

我是爱美者，只要是美的，我都会屈服。美像一场不经意的烟火，其美妙如变幻的节气，过了就过了，不会再来，同样的节气循环往复年年有，但同样的烟火不再。我害怕失去美，也害怕女人不再美。尤瑟纳尔不是美女型的女人，常年带同一口箱子到处旅行写作，她的眼神里有一种少见的笃定，对我而言是美的。杜拉斯酗酒成性，一副年老色衰的模样，惹我疼爱，是美的。伍尔芙衣袋里装着石头走下河，让最后一口气漂浮在水面上，那种毅然决然，也是美的。阿赫玛托娃堪称手持木笛的缪斯，美丽会一直相随。

美制造奇迹

　　谁不爱美？爱美者不一定专爱人，也爱物，恋物成癖，爱得稀里哗啦，无可救药！爱屋及乌。爱美会生情。

　　卡夫卡一生为情所困，好像没有碰过女人，或是说，没有女人有勇气爱上他。我现在的勇气，晚了一个世纪，卡夫卡现在已是个符号。这个符号怎样影响别人，不知道，但对我一直是一个重要的印记。经过他常去的酒吧，我看见他忧郁的脸，似乎在望着窗外沉思。我带了一枝红玫瑰，阳光下我的身影覆盖左右的台阶，有的高，有的低，有的歪斜，一步步走到这儿。他看见了我，不安起来。我也不安，进去吗？或是离开？我的脚在原地徘徊。"你手里这枝红玫瑰，就是你如何呼吸的证明。"他说。

不错，一个世纪了，玫瑰还盛开着，难道不是
奇迹？

现代女性的
心理困扰

现代女性的心理困扰来自两方面，第一是孤独，第二是年龄。首先，追求完美几乎是所有女人的天性，然而现实中她们无时无刻不遭受工作、生活与情感的打击，这些打击无所不在。说到底女人的内心是脆弱的，这些挫折容易让她们绝望，对生活环境绝望，对男人绝望。越是绝望，她们越要逃避现实，逃避男人，把自己紧紧地封闭起来，就会越来越孤独了。

年龄是任何女人必须面对的问题。女人一旦过了三十岁，情绪会陷入无从把握的状态，内心的抗压力也会减弱，这也是她们最容易遭受婚姻危机的时候。

英国著名女性心理学家简·奥沙娜在她的私人网站提出了她对女性摆脱心理压抑的建议：女人不能过

分靠男人的肩膀，而应依靠社会可以给她提供的倾诉平台。她鼓励女性在失去依靠时，走出自我封闭的那道心墙，"比如可以试着做一次长途旅行，暂时放弃身边所有一切熟悉的人和事物，去感受另一种新奇"。总之，"女性自救"。

婚
姻
缘
何
不
能
继
续

掌握小说的技能，掌握语言的能力，其实也是自我的表现。婚姻错误的根源在于自我，没有自我，哪会有真正的幸福。我们女性掌握话语，就会使被别人控制话语权的婚姻改变。如果你听从男人的话语权利，那么这个家庭就存活下来了，正是你拥有了自己的思想，要掌控自己的语言，掌控自己的权利，才使生活不能继续下去。

为谁而活

时代已经变了，可能要不了多久人们就不用结婚了，"剩女"这个词也会过时。人怎么活是他选择的生活方式，而且有他的理想在里面。

其实以后慢慢地人会更加独立地选择他想要的生存方式。以前我们那个年代完全不一样，我生在六十年代，那时是平房群体生存，人都住在一起，现在我们是楼房单元独户，居住方式不一样，思想信息量也不一样，在这样的状态，其实根本不必在乎别人怎么说你。

有一种人是为别人活的，有一种人是为自己活的。如果为自己活，别人怎么样，不会特别影响自己。人一旦在某个时刻苏醒，开始判断这个世界，成为一个独立思考者，就和别人不一样了，那就是为自己活。

别让我走，

那道暗旧的门，通向这长廊，

海很深，像他们的罪恶，

别让我走，紧抓我的手。

读
书

我家里每个角落都有书，加上意大利家里的，有几万册。

搬家是多么浩大的一个工程，其他东西可以扔，但书不能扔，通常是我到哪里书到哪里。早年在鲁迅文学院读的书，在复旦上学时读的书，跟着我到了英国，到了意大利。有的书打包托运，但像《百年孤独》《霍乱时期的爱情》《老残游记》还有海明威的书，我都随身带着走。

我读书比较杂，什么都看，别人推荐的我会看，与写作有关的我会看，关于种植技术的我看，关于疾病的书、吃喝的书我都看。外国文学书籍可能多于中国文学的。《黑镜头》一套我全有，《简·爱》《红与黑》《少年维特之烦恼》这些书都给了女儿。还有《纳尼亚传奇》的第一个版本，已经磨损了，我重新修复后给女儿看。

我读书有一个习惯，会反复阅读。英文版《情人》我读得最多了，《红楼梦》我也读了N遍，尤瑟纳尔的《东方奇观》读了很多次，博尔赫斯的书每隔一年就会读一遍。这些书也比之前读，给我更多的精神营养。福克纳的书读过几年就不喜欢了。村上春树的书越读越喜欢。重新读《山海经》，深受启发。

读书必须读完才对得起它。以前我有一个特殊才能，看书过目不忘。我看一本很厚的小说，几乎能背下它所有的对话。我可以同时读几本书都不会记错，不过到了梦里就会混起来，把这本书的故事嫁接在另一本书里，这反而开拓了想象力。阅读笔记我做得很少。

我记住的，不仅有书里的内容，也会想起与作者关联的故事。《老人与海》的内页有翻译家的签字："我最爱海明威这本小说，赠你。"这签字是翻译家送给我当时的男朋友，男朋友又送给我的。后来男朋友远走他国，没有音信，而翻开这本书时，当时的情境再次浮现眼前。这则是我记住的与书相关却又在书之外的故事。

　　一本书，一个作家，有许多记忆。我读格林的小说，喜爱傅惟慈的译本，准确精美。有一天看到他去世的消息，心中难过。他曾经多次穿过一个大公园，从他儿子家走到我家来聊书，他的博学，给我留下深刻印象。

　　我看书先看最开始，然后看最后，接下来才是看中间部分。这可能不是个好习惯，但我可以通过这样的方式，快速发现这是不是自己喜欢的书，是一条捷径。

读诗

读诗，我首先看那些字，排列组合正好进到我的心里，我便心动。读李商隐的诗我立刻伤感，眼泪掉下来。

对我而言，读诗，这是第一步。

如果一首诗不错，我会去了解这个诗人的背景，想弄清他为什么会写这样的诗，这是第二步。

第三步，经常在很不高兴，或者遇到棘手的事时，某首诗的某一句突然跳入心里，于是重新把那诗翻找出来，再读一遍，让它很深地进入心里。

第四步，是联想到这个诗人的一生，他或她在爱情方面的问题，当年有怎样的奇遇，怎样度过最艰难的时刻？这时就往往会想，早晚会死，眼前的一切值得我如此对待吗？

我相信，最后，你会面对一切，承受一切，让生活继续。

其实每个人都是一个诗人。这几步读诗的方式，对大多数人来说，有用。但有些人不是这样，他看到一首诗就开始写诗，只是为了写诗而写诗，从来不读别人的诗歌，这样的诗人永远无法进步。

摄影

我一开始就是形象思想型人，就是习惯于图片思维，我看长江，仿佛我是台摄影机，船进入我的视线，我定格它。

江上有雾，我就一直趴在半山腰的岩石上，看雾散去，船重新出现在我的视野。

大都拍别人，有时自己拍自己，或许有几张好照片。我喜欢自己，是因为少有人喜欢我，尤其是早年，若不是深恋自己，这生命也就枯萎了。我必须爱自己，这也是对给我生命的人的尊敬和爱。我母亲去世了，我没有一天不想她，可惜没有给她好好拍几张照片。

音
乐

音乐使我重返写作幽境，进入幻想之中，听见另一个世界人的故事，记录他们的生命历程。你所有失去的东西都没有失去，你想象中的世界真正存在。对你来说，对我们每个人来说，这就是一种幻想的力量，它永远不会让你失望。

做
梦
的
技
巧

我读过一本书，讲一种人在做梦时，脑子里意识到自己是在做梦，在梦中又在做梦，而且知道哪件事情错了，哪件事情是对的，这样的人自我修成了一种德行。

有的人做梦还不知道是在梦中，懵懵懂懂地哗一下就醒了，或是给吓醒了，或是梦里做了什么事情很后悔。还有的人可以在梦中纠正自己做的每一件事情，他可以在梦中重新来做这件事，这样的人就跟其他做梦的人不一样。

我有时会接着之前的梦做，想有个结局，想改变。可是梦有自己的规则，朝它的结局发展。

写作也如此，主人公在小说里会自己朝前走。我每次遇到这样的时候，都会惊讶，会停在电脑前，充满畏惧。

书
房

　　独自拥有单独一个空间写作，曾经有多少年都是我的一个梦。我到处流浪，只要一个可放纸的小块地方就可以。在北京鲁迅文学院有了书桌，可是与好几个同学在同一间宿舍。以后在复旦也是同样情况，好在总有教室空着，图书馆总会有位子。到英国后，因为房子不大，我的书桌在卧室。以后用稿费购了更大的房子，才有了自己单独的书房。到2000年搬回中国时，我购了一套房子，不仅卧室有桌子，另外一间房间也有书桌，客厅吃饭的桌子也是书桌，阳台也有桌子，我可以随便在哪个地方写作。后来我布置意大利的家也是到处都有桌子。这成了我的一个心结，如同我看到有一个人有好多台电脑，这个电脑写一本书，另一个电脑写一个剧本，转换电脑如同转换空间。2020年2月底从北京到英国，因为都是临时住地，我把桌子给了家人，一直用熨衣板写作。突然明白，可以放下笔记本电脑的桌子比一间书房对我更重要，只要有一张书桌，在飞机上，在酒店或是咖啡馆小餐馆，在沙滩或是山峦，都可以写作。

我经常说，我的书桌不安静，我才能安静地写作。

卧室

　　这是休息做梦的地方。我的写作习惯是在书房放一张床，在卧室放一张书桌，那么无疑卧室也是工作室，堆满了书和照片。

　　我不喜欢卧室有盆栽植物，但我喜欢鲜花，应季而生的，那种淡淡香味的。开窗，风涌来那股味，感觉都立起来，打字也更有力。

晚了一个世纪，

这长椅上的人，晚到的人，

才读懂你留下的信息。

厨房

厨房也是休息的地方。做菜是为自己和家人服务，也是我构想小说的地方，配制菜，如同配制人物，多也多不得，少也不能再少。一个调料，一个色泽，火候最重要，放盐也重要，心情也重要，有几分爱做几分菜，真是不假。

我一个人时，喜欢做一锅鸡汤，炖菇，切几片厚厚的火腿，放半块豆腐和青菜头，一周吃下来，体重会轻两公斤，人还更精神。

我喜欢厨房，可以跟女友聊天，天南海北，侃大山下来，饭菜也做好了。

家庭博物馆

家里的饰品大都是旅行时所购，每一件都有故事。

一般我购物品，精挑细选，一条条街走下来，再回走，挑那最喜的。若只有一个商店，走进去，会购第一个感觉抓着的东西。这些东西进入家里，会分配它们的位置。一旦选定，就不会改变。

我喜欢瓷器，花瓶和盘子，客厅的几个老柜子里装的都是这些东西。我喜欢镜子，它是通向另一个世界的通道。我喜欢老地毯，把别人的花朵和动物装饰进自己的家里，就如同拥有它们那种美。我喜欢照片，老照片，是一个家庭的记忆；新照片，是一个个新鲜的感觉。我喜欢灯罩，在淡淡流泻下来的光里，赤脚走在地板上，仿佛看见前世我和谁走在一起。

每本书都带有呼吸，我喜欢大书柜，喜欢在书柜的书前摆小铜器小瓷器，其中有家人和朋友送给我的礼物。家里每个方向我都敬有一尊佛，对佛说心事，心事越变越轻。

圣
诞
树

　　圣诞树起源于德国。每年12月24日在家里放一棵伊甸园之树，把象征圣饼的甜饼挂在树上，也把象征知善恶的红苹果挂在树上，圣诞树的三角形，象征三位一体，放蜡烛、彩灯，象征耶稣或东方三圣是世界的光。树顶一般放颗星，象征耶稣是世上的光，放天使，象征天使来给他送信。树下的礼物象征救赎，是上帝的礼物。

　　有了女儿后，我才有了人生第一棵圣诞树，每年圣诞节都给她拍一张和家里的圣诞树的照片，我想持续下去，不是行为艺术，而是一种珍贵的纪念，有圣诞树的家，才是家。

　　我喜欢圣诞树的松树气味，每年购到的不重样，有挪威雪松，也有岭南松，在每个地方，圣诞树都不一样。在北京，我会挂相同的饰品，有水晶天使，有印度布人，有大星星，有鸟、大象和花朵，有英国的玻璃雪花球。我和女儿一起挂，牵灯线，和她一起取饰品。

12月上旬得有圣诞树，1月5日，也就是第十二夜（主显节前夕）得拆除圣诞树，否则就不吉利。

辣椒

　　我怀有敬畏之心，对辣椒。辣椒是天上的植物，因为人们的爱心才降临人间。我曾有一本书叫《当世界变成辣椒》，讲美食。

　　重庆冬天潮湿阴冷，夏天酷热难熬，都离不开辣椒，辣椒的火焰既可添热，又可去毒。母亲一周从造船厂回一次家，每回要带走一瓶自制的油辣椒，是用辣椒磨成粉，加花椒和豆子盐，用热油浇上去，闷上十分钟才香。我们那一带的人都离不开它，就是旅行，也要带上它。

　　在意大利，当地人爱辣椒跟重庆人一样。当地每周一次的集市上有花草和水果蔬菜出售，我会买一盆墨西哥辣椒，放在厨房窗台上，需要时摘几枚下来，做奇辣无比的菜。

　　几周前我去给家人换手表电池，寒冷的天，因为疫情，伦敦正在隔离，除食品店外，餐馆酒吧等其他店铺都闭门。我终于找到一家食品店，是印度人开的，有一个小柜台可以换电池。我发现店里有七星绿辣椒，超级辣，高兴极了。那个换电池的小伙子一下子对我热情起来，他问我是哪里人，我告诉他是重庆，并说那儿的人跟印度人一样爱辣椒。我给他看我购的辣椒，他说这不是辣的，最辣的是那种灯笼黄辣椒。我告诉他，他说的那种辣椒辣到中国红军长征过草地时，没有麻药，就用那种小灯笼椒煮汤，让伤员喝下去，开刀时没有知觉。我敢说重庆人不敢吃这种小灯笼椒，因为我曾吃过一点，在地毯上压着肚子，痛得喊爹娘。他听了大吃一惊，说他们用此辣椒也是一大锅菜用一点点而已，但是南印度人会用得比较多。久用，承受力就会增强。真是山外有山，人外有人。

图书在版编目（CIP）数据

女性的河流：虹影词典/虹影著. —— 北京：作家出版社，2021.6

ISBN 978-7-5212-1426-0

Ⅰ.①女… Ⅱ.①虹… Ⅲ.①散文集-中国-当代 Ⅳ.①I267

中国版本图书馆CIP数据核字（2021）第079871号

女性的河流：虹影词典

作　　者：虹　影
责任编辑：向　萍　杨新月
装帧设计：杜　江　周　侠　　　封面摄影：小　甩
内文设计：孙惟静　　　　　　　内文摄影：虹　影
出版发行：作家出版社有限公司
社　　址：北京农展馆南里10号　　邮　　编：100125
电话传真：86-10-65067186（发行中心及邮购部）
　　　　　86-10-65004079（总编室）
E-mail:zuojia@zuojia.net.cn
http://www.zuojiachubanshe.com
印　　刷：北京盛通印刷股份有限公司
成品尺寸：130×185
字　　数：153千
印　　张：10
版　　次：2021年6月第1版
印　　次：2021年6月第1次印刷
ISBN　978-7-5212-1426-0
定　　价：58.00元（精）